Vicky

Aus dem Leben der
Victoria von Preußen –
Kaiserin für 99 Tage

Ein Ort, an dem Kulturdenkmale verfallen,
ist wie ein Mensch,
der sein Gedächtnis verliert.

Friedrich Ludwig Müller

Vicky

Aus dem Leben der Victoria von Preußen – Kaiserin für 99 Tage

MONUMENTE Publikationen der Deutschen Stiftung Denkmalschutz

Inhalt

7 Statt eines Vorworts

8 Der schöne Prinz und die schöne Königin

22 Die Schwierige

40 Das Schicksalsjahr

56 In einer anderen Welt

72 Die schwere Geburt

90 Die Kronprinzessin

108 Im Schatten der Krone

122 Die neue Preußin

138 Der bittere Weg zum Thron

156 Die Ungeliebte

172 Unglückliche Jahre

188 Der furchtbare Irrtum

206 Zuletzt bleibt der Schmerz

Die preußische Kronprinzessin Victoria, porträtiert 1875 von Heinrich von Angeli. Das Bild hatte einen Ehrenplatz auf dem Schreibtisch ihres Mannes.

„Ich werde wohl ungekannt,
fremd und unverstanden
in mein Grab gehen, weil eine
einsame Frau gegen sehr viele
stürmische Männer mit ihrem
blinden Vorurteil nichts vermag."

Der Satz stammt aus einer Notiz Vickys, der deutschen Kaiserin für 99 Tage. Sie schrieb ihn kurz vor ihrem Tod. Es sind letzte Worte einer Frau, die alle Gaben besaß, um auf der Bühne des großen Welttheaters ihres Jahrhunderts eine bedeutende Rolle zu spielen und der die Regie im Weltgeschehen nur eine Nebenrolle zugestand.

Der schöne Prinz und die Königin

Prinzgemahl Albert mit seiner Tochter Vicky und dem Hund Eos. Gemälde von John Lucas, 1843

„Wenn alle Mühen nur mit einem garstigen Mädchen belohnt werden, werde ich es wohl ertränken."

(Königin Victoria von Großbritannien vor der Geburt ihres ersten Kindes)

Es ist fünf Uhr früh am 20. Juni 1837. Über London liegt im Osten das fahle Licht des werdenden Tages. Eine Gruppe feierlich gekleideter Herren betritt den Kensington-Palast, dessen rote Ziegelfassade sich noch beinahe schwarz zeigt zu dieser Stunde. Die Herren bitten, Prinzessin Victoria zu wecken. Als sie in einem rasch übergeworfenen Morgenmantel erscheint, das Gesicht noch voll Schlaf, das Haar offen und ungebändigt, knien sie vor der 18jährigen Frau nieder, um ihr die Hand zu küssen.

Von Schloß Windsor waren sie gekommen, wo der Onkel der Prinzessin, der 71 Jahre alt gewordene König Wilhelm IV., gleichzeitig König von Hannover, wenige Stunden zuvor die Welt verlassen hatte. Zwar hatte der Onkel nicht weniger als zehn Kinder hinterlassen. Doch waren sie sämtlich illegitim, so daß sie für den Thron Britanniens nicht in Betracht kamen. Mit dem Tod Wilhelms IV. endete die Personalunion zwischen Großbritannien und Hannover. Dort bestieg Wilhelms Bruder Ernst August den Thron.

In Londons Kensington-Palast wurde Queen Victoria geboren, hier verbrachte sie ihre Kindheit und hier erfuhr sie 1837, daß sie Königin geworden war.

So wird an diesem frühen Morgen, und durch Handküsse der ersten Diener der Krone besiegelt, aus Victoria, der Tochter des Herzogs Edward von Kent – er starb acht Monate nach der Geburt Victorias – und der Prinzessin Viktoria Maria Louise von Sachsen-Coburg-Saalfeld, die Königin von Großbritannien und Irland.

Es ist zugleich auch die Geburtsstunde einer Epoche englischer Geschichte, die man einmal mit dem Namen dieser Königin verbinden wird. Sie dauert fast 64 Jahre an und gilt bis heute als Englands „beste alte Zeit". Es ist eine Glanzperiode, die Geburtszeit eines Weltreichs mit einer politischen Machtentfaltung ohnegleichen. Schon 1832 war eine Wahlrechtsreform durchgeführt worden, die das Parlament stärkte, während sie gleichzeitig der Krone politische Neutralität verordnete und dadurch die Krone bis heute vor dem Sturz bewahrt hat. Was aber dieses Zeitalter vor allem prägt, ist eine bis dahin weder gekannte noch für möglich gehaltene Wirtschaftsblüte.

Was hatte Victoria, Englands neue Queen, schon als Zehnjährige ihrer Gouvernante gesagt, als sie anhand der Thronfolge-Regularien festgestellt hatte, dem „Thron näher zu sein", als sie gedacht hätte? Ihren rechten Zeigefinger himmelwärts gerichtet, sprach sie die berühmt gewordenen Worte: „Ich werde gut sein!"

Acht Jahre später, am Abend jenes Tages, an dem sie Königin wurde, schrieb sie in ihr Tagebuch: „Ich bin sehr jung und vielleicht in vielen Dingen unerfahren, aber ich bin sicher, daß wenige mehr guten Willen und mehr echtes Verlangen haben als ich, zu tun, was geziemend und recht ist."

Aus ihrer Unerfahrenheit hilft Victoria, der das Gehorchen schon seit Kindheitstagen außerordentlich schwerfällt, der Premierminister Lord Melbourne. Seinen politischen Rat befolgt sie gewissenhaft. Er wird zu ihrem politischen Ziehvater. Der 58jährige verwitwete Melbourne, der einer Whig-Regierung vorsteht, besticht die junge Königin durch seine Eleganz und Weltgewandtheit. Sie schätzt seinen trockenen Humor, ist von ihm gefangen durch die ihr gegenüber immer wieder gezeigte und offenbar ehrliche tiefe Verehrung. Für Victoria ist er der „gutherzigste, freundlichste und einfühlendste Mann auf Erden". Das alles kulminiert noch, als sie feststellen muß, daß ihr Spaniel Dash, sonst außerordentlich abweisend gegenüber Fremden, dem Lord die Hand leckt. „Alle Hunde mögen mich", kommentiert der Premierminister das Ereignis gegenüber seiner Königin.

So recht ins Schwärmen aber kommt die junge Monarchin, als sie ihres Vetters ersten Grades, des Prinzen Albert von Sachsen-Coburg und Gotha, erstmals ansichtig wird. Danach vertraut sie ihrem Tagebuch an: „Alberts Schönheit ist auffallend. Sein Haar hat ungefähr die gleiche Farbe wie meines. Seine Augen sind groß und blau, und er hat eine schöne Nase und einen sehr süßen Mund mit feinen Zähnen." Wenig später ergänzt sie die Beschreibung ihres um drei Monate jüngeren Vetters: „Er hat einen zarten Schnurrbart und den sehr leichten Backenbart. Seine schöne Gestalt (ist) breit in den Schultern und mit einer schlanken Taille."

Äußerlich kann sie sich demnach nicht darüber beklagen, was ihr der Onkel Leopold, seit 1831 König der Belgier, da in den Lebensweg gestellt hat. So tritt denn ein, was bei Heiratsspielen an Europas Königshöfen zwar wünschenswert, aber äußerst selten ist: Die englische Königin, deren Vater ein Nachkomme Georg Ludwigs war, jenes Kurfürsten von Hannover, der 1714 als König Georg I. den englischen Thron bestieg, und der deutsche Prinz Albert von Sachsen-Coburg und Gotha verfallen einander geradezu. Endgültig ist es um Victoria geschehen, als sie Albert im Oktober 1839 in Schloß Windsor eine Treppe hinaufgehen sieht. „Mit einiger Gemütsbewegung", so notiert sie später, „erblickte ich Albert, der schön ist."

Victoria, die Mutter von Vicky, Königin von Großbritannien und Irland. Gemälde von Alexandre de Melville nach Franz Xaver Winterhalter, 1844

Da es sich nicht schickt, um die Hand einer Königin bei eben dieser Königin selbst anzuhalten, nimmt sich Victoria der Sache an. Sie bittet Albert in ihr privates Audienzzimmer. Dort macht sie ihm den Heiratsantrag. Als man hernach die Trauungszeremonie bespricht, meint der Prinz, der nun Prinzgemahl werden soll, daß es doch hübsch wäre, wenn man die von ihr auf zwei bis drei Tage begrenzten Flitterwochen verlängern könnte. „Du vergißt, mein Liebster, daß ich der Souverän bin und daß die Geschäfte auf nichts warten können", antwortet die Braut.

Glücklich verheiratet mit Queen Victoria: Prinz Albert von Sachsen-Coburg und Gotha

Victoria und Albert, die einander zwar nicht gesucht, aber doch gefunden haben, sind beide in ihrer Kindheit und in den Tagen der Jugend nicht auf Rosen gebettet. Victoria wächst nach dem frühen Tod ihres Vaters, der auf großem Fuß gelebt hatte und die Mutter samt der noch nicht einmal ein Jahr alten Prinzessin völlig mittellos zurückläßt, in einem „Sorgenpalast" auf. Das ist das Schlimmste noch nicht. Nachdem der Bruder ihres Vaters als Georg IV. den Thron bestiegen hatte, war es dessen Ziel, die verwitwete Herzogin samt ihrer Töchter Victoria und der um zwölf Jahre älteren Halbschwester Feodora aus dem Kensington-Palast zu werfen. Er will die Herzogin zwingen, dorthin zurückzukehren, „wo sie hergekommen sei", nach Coburg. Da könne der Bruder der Witwe, der reiche Prinz Leopold, für sie und die Kinder sorgen. Leopold bekennt später in einem Brief an seine Nichte, die nun Königin von England ist: „Ich weiß nicht, was aus Dir und Deiner Mama geworden wäre, wenn ich nicht gewesen wäre." „Onkel Leopold", immer wieder ist es dieser außerordentlich geschickte Coburger Jongleur in Sachen Heiratsdiplomatie – die ihm selbst die belgische Königskrone einträgt –, der Schwester und Nichten den Rauswurf aus dem Palast und aus England erspart.

Leopold aber kann nicht verhindern, daß sich seine willensschwache Schwester dem Captain John Conroy, er war der Oberstallmeister ihres verstorbenen Mannes, ausliefert. Conroy bestimmt danach praktisch allein über die Erziehung der Thronerbin, isoliert sie völlig von der Familie des Vaters, läßt nur die Verbindung des Kindes mit Feodora – sie wird sich mit dem Fürsten Ernst von Hohenlohe verheiraten – und mit seinen eigenen Kindern zu. So will man Victoria in die völlige Abhängigkeit von der Mutter und von Conroy zwingen.

All das verschlimmert sich, als die Elfjährige sich auch noch von ihrem einzigen Beschützer, von Onkel Leopold, trennen muß, weil er König der Belgier wird. An seiner Krönung teilnehmen darf sie nicht. Worüber sie „einen ganzen Tag weinte“.

Und Albert? Auch er, der zweite Sohn des Herzogs Ernst August von Coburg, hatte keine sonnige Jugend. Seine Mutter, offenbar eines der bezauberndsten Geschöpfe am Coburger Hof, klug und ein großes musikalisches Talent, konnte den in die Liebe verliebten Vater nur ganze zwei Jahre glücklich machen. In dieser Zeit wurden Albert und sein Bruder Ernst geboren. Danach ließ es sich der Vater wieder bei seinen zahlreichen Mätressen wohlsein.

Was die junge Herzogin in die Arme eines Offiziers trieb. Es kam dem Herzog gelegen. Er zwang sie, Coburg zu verlassen. Ernst und Albert sollten ihre Mutter, die mit 31 Jahren starb, danach nie wiedersehen. Dem kaum fünfjährigen Albert blieb von seiner Mutter eine kleine Anstecknadel, die sie ihm zum Abschied schenkte. Der Herzog ging am Tag des Abschieds der Herzogin völlig ungerührt auf die Jagd.

So blieb es denn der Großmutter überlassen, der Herzogin Augusta von Coburg, ihren so wohlgeratenen Enkel für eine Ehe mit ihrer Enkelin Victoria in London zu bestimmen. Wieder ist es der liebe Onkel Leopold, der sich nun um den Weg des Prinzen kümmert. Albert zeigt sich als ein ungewöhnlich kluges und talentiertes Kind. Von der Mutter hat er die Liebe zur Musik geerbt. Mit elf Jahren schreibt er seinem Vater, daß er „ein guter tüchtiger Mensch werden“ wolle. Um dahin zu gelangen, gibt er sich selbst ein Arbeitspensum vor, das um sechs Uhr in der Frühe beginnt und erst um acht Uhr abends zu Ende ist. Der früh aufstehende und früh ins Bett findende Prinz behält diese Lebensweise auch bei, als er gemeinsam mit Victoria Englands Monarchie repräsentiert. Abends überfällt ihn Zeit seines Lebens eine nur schwer zu überwindende Müdigkeit.

Das alles sollten wir wissen, bevor wir uns den ersten Tagen der jungen Königin und des schönen Prinzen zuwenden. Es ist diese Liebe, die schon bald eine drohende Staatskrise verhindern sollte. 1839 hatte Victorias politischer Mentor, Lord Melbourne, der Königin nach einer Abstimmungsniederlage im Parlament seinen Rücktritt eingereicht.

Eigenwillig, wie es ihrer Natur entsprach und wie es sich schon bei vielen Gelegenheiten der ersten beiden Jahre ihrer Herrschaft gezeigt hatte, weigert sich Victoria nach einem Tränenausbruch, Sir Robert Peel, den Führer der Konservativen, als Nachfolger zu ernennen. Sie hält ihn für „einen Tanzlehrer", ohne jedes aristokratische Flair. So konnte Peel zwei Jahre lang keine Regierung bilden und Victoria blieb ihr geliebter Lord als Premier erhalten.

Erst 1841 gelingt es dem einfühlsamen, hochsensiblen Albert, der seinen Schreibtisch neben den der Königin im Buckingham-Palast stellen durfte, Victoria zu bewegen, Peel zu ernennen und damit einen sich anbahnenden schweren Konflikt mit dem Parlament zu verhindern.

So eng stehen die Schreibtische von Prinz und Königin aber denn doch nicht beieinander, daß sich die Zeit nicht finden ließe, ihre ebenso große wie lustvolle Liebe zu leben. Sie nimmt ihren Anfang in der Nacht nach jenem glanzvollen 10. Februar 1840, an dem sich Albert und Victoria in Londons St. James's Chapel feierlich das Versprechen abnehmen, ein Leben lang einander zu ehren und zu lieben. Sie werden es halten und – was Victoria anbelangt – weit über Alberts Tod hinaus.

Von dieser Nacht auf Schloß Windsor gibt es aus der Feder Victorias zwei Berichte. Zunächst dieser aus ihrem Tagebuch: Albert habe Klavier gespielt, schreibt sie, während sie selbst mit

Kopfschmerzen auf dem Sofa gelegen habe. Wörtlich geht es weiter: „Krank oder nicht, ich habe niemals niemals solch einen Abend verbracht!!! Mein liebster, lieber Albert saß auf einem Schemel an meiner Seite, und seine übermäßige Liebe und Zärtlichkeit gab mir Gefühle von himmlischer Liebe und Glück, die ich mir früher niemals hätte träumen lassen! – wirklich, wie kann ich jemals dankbar genug sein, solch einen Gatten zu haben!"

In einem Brief an Lord Melbourne faßt sich Victoria hingegen kürzer: „Eine sehr erfreuliche und verwirrende Nacht (...) wir schliefen nicht viel."

Was der Nacht ohne viel Schlaf folgt, ist ein Glückstaumel. Victoria scheint selig in der neuen Rolle der Ehefrau. Täglich reiten sie gemeinsam aus, sie tanzen viel und besuchen Theateraufführungen. An den Nachmittagen spielen sie vierhändig miteinander Klavier – vornehmlich Mozart-Kompositionen. Victoria vergißt allerdings nie, daß sie Königin ist und deshalb tägliche Pflichten hat. Was

Westlich von London, am Themseufer, liegt Schloß Windsor. Seit über 900 Jahren verbringt die königliche Familie hier die Sommermonate.

sie hingegen vergessen, aus ihrer Gedankenwelt vertreiben möchte, ist eine mögliche Schwangerschaft. Als sie dann doch wenige Wochen nach der Hochzeit feststellt, daß sie – wie es so schön heißt – „Mutterfreuden" entgegensieht, da kommt bei ihr nicht Freude auf. Im Gegenteil: Sie reagiert mit einem Wutausbruch. Sie könne „nicht unglücklicher sein", schimpft sie. „Ich bin wirklich untröstlich darüber, und es verdirbt mir mein Glück." Sie könne sich nicht vorstellen, „wie man sich so etwas wünschen kann, erst recht nicht zu Beginn einer Ehe!"

Schon vor ihrer Hochzeit hatte sie zum Erstaunen ihres Hofstaates freimütig erklärt: „Kinder zu bekommen ist das einzige, wovor mir graut." Als sie am 21. November 1840

„das Grauen" – und das auch noch in einer zwölfstündigen schweren Geburt – hinter sich hat, statt des gewünschten Jungen ein Mädchen zur Welt gekommen ist, der die Geburt überwachende Arzt ihr gesagt hatte: „O Madame, es ist eine Prinzessin", da antwortete die erschöpfte junge Mutter: „Macht nichts, Doktor, das nächste wird ein Prinz!"

18 Jahre später: Das Mädchen, das Victoria an diesem 21. November 1840 zur Welt gebracht hatte, ist nun Preußens Kronprinzessin und hat einen Sohn geboren, der einmal deutscher Kaiser sein wird. Der Mutter in London schreibt sie, wie stolz sie sei, „einer unsterblichen Seele das Leben geschenkt zu haben". Was die Mutter, nüchtern wie sie nun einmal in der Betrachtung der Dinge ist, antwortete, zeigt einmal mehr, daß Kinder („nackt und als Säuglinge sehen sie alle aus wie Frösche") und Kinderkriegen nicht zu den Seligkeiten ihres Lebens zählen. Was die Tochter in Verzückung versetzt, kommentiert die Mutter so: „Ich denke, daß wir in solchen Augenblicken (der Geburt eines Kindes), wenn unsere arme Natur so animalisch und unekstatisch wird, mehr wie eine Kuh oder eine Hündin sind."

Der Buckingham-Palast um 1860. Seit Queen Victorias Inthronisation 1837 wird er als Residenz der englischen Monarchen genutzt.

Wir sind auf dem Lebensweg der ältesten Tochter der Königin ein großes Stück vorausgeeilt. Kehren wir nun zurück zum 21. November 1840 und zu den frühen Kindheitstagen der kleinen Prinzessin mit dem späteren Hang zur Pummeligkeit. Schon bei ihrer Geburt erhält sie den Titel „Princess Royal", der stets an die erste Tochter im britischen Königshaus verliehen wird. Am 10. Februar 1841 – es ist der erste Hochzeitstag der Eltern – wird sie auf die Namen Victoria (nach ihrer Mutter und Großmutter), Adelaide (nach ihrer Großtante, der Witwe Wilhelms IV.), Mary (nach ihrer Tante, der Herzogin von Gloucester) und Louise (nach der Mutter ihres Vaters und nach Königin Louise von Belgien) getauft. In der königlichen Familie nennt man sie Vicky. Ein Name, der sie durch ihr ganzes Leben begleiten wird.

Mag die Enttäuschung der Eltern auch noch so groß gewesen sein, daß ihr erstgeborenes Kind kein Junge war, so sind sie doch – Albert voran – rührend besorgt um das kleine Mädchen. Im Dachgeschoß des Buckingham-Palastes hatte man eine eigene Kinderzimmer-Suite eingerichtet. Die ersten Tage ihres Lebens aber darf Vicky im Ankleidezimmer ihrer Mutter verbringen. Dort schläft sie in einer als Nautilus-Muschel gestalteten Wiege aus vergoldetem Mahagoni. Auch die Kufen sind vergoldet. Ausgestattet ist die Wiege mit grüner Seide, darauf gestickte Arabesken und Englands Weiße Rose. Über ihr ein Himmel aus goldener und silberner Seide und über dem Ganzen die Krone des Königshauses. Das Haus Seddon in London hatte das Prachtstück gefertigt, dazu zwei Badewannen, eine in Silber, die andere in Marmor.

Ein Jahr nach Vicky wird ihr Bruder Albert Edward geboren. Der Kronprinz, den man im Familienkreis Bertie nennt, wird am 25. Januar 1842 getauft. Zu den Paten am Taufbecken gehört auch Preußens König Friedrich Wilhelm IV. Er verleiht schon dem Wiegenkind den preußischen Schwarzen Adlerorden. Es sollten in den nächsten zwei Jahren zwei weitere königliche Kindstaufen folgen. Denn in den ersten vier Jahren ihrer Ehe bringt die Königin vier Kinder zur Welt. Nach acht Jahren sind es sechs. Insgesamt schenkt sie neun Kindern das Leben. Das Ungewöhnliche für die damalige Zeit: Alle neun Kinder erreichen das Erwachsenenalter.

Vicky aber bleibt unter den neun das hochbegabte Ausnahmekind. Noch bevor sie zwei Jahre alt ist, lernt sie Französisch und parliert schon bald fließend. Mit drei erhält sie Deutsch-Unterricht, ein wenig später kommt Italienisch dazu. Das alles, noch bevor mit dem sechsten Lebensjahr der regelmäßige Schulunterricht beginnt. Der ist selbstverständlich ganztägig mit den Hauptfächern Geschichte, Geographie und Naturwissenschaften. Der Wissensdurst der Princess Royal ist kaum zu stillen.

Mutter Königin Victoria mit ihrer Tochter Vicky

An Berties Wiege hatte Königin Victoria gebetet, „daß unser kleiner Junge in jeder Hinsicht ein wahrer und tugendhafter Christ werde und ich bete, daß er das Abbild seines geliebten Vaters sein möge". Dieser Wunsch erfüllt sich nicht. Später als alternde Königin wird Victoria schlaflose Nächte haben, wenn sie plötzlich der Gedanke überfällt, daß sie sterben und Bertie ihr auf dem Thron folgen wird. Wie hatte sie einmal im Scherz gesagt, als sie Bertie und Vicky miteinander verglich? Vicky, das sei Prinz Albert noch einmal. Bertie aber, das sei sie, allerdings „als Karikatur".

Victoria liebt ihre königliche Kinderschar mit einer gewissen Kühle. All ihre Herzenswärme verbraucht sie in der Liebe zu ihrem Mann. Albert ist stolz darauf, daß er am Tag der Geburt seiner Tochter zum ersten Mal die Königin im Thronrat vertreten darf. Er ist nun offiziell der „Prinzgemahl" und wird in die Liturgie der anglikanischen Kirche aufgenommen.

Mit Vicky aber, die ihm, was Klugheit und Arbeitsdisziplin anbelangt, so sehr gleicht, verbindet sich tief in ihm ein Traum, der sich nicht erfüllen wird.

Die Schwierige

Vicky 1856 auf einem Gemälde von Franz Xaver Winterhalter

„Sie schien fast vollkommen; so vollkommen, daß ich mich mehr als einmal insgeheim fragte, ob sie überhaupt ein menschliches Wesen war."

(Der Preußenprinz Friedrich Wilhelm über seine erste Begegnung mit der zehnjährigen Vicky)

Sie werden im gleichen Jahr die Welt verlassen: Englands Königin Victoria und ihre älteste Tochter Vicky. Nach der Königin wird man einmal eine Epoche Englands benennen, die Tochter wird eine deutsche Kaiserin für 99 Tage sein.

Beide werden in ihren Sterbestunden die Sorge haben, daß ihre erstgeborenen Söhne dem neuen Jahrhundert, das ein Jahr zuvor begonnen hat, nicht gewachsen sein könnten. Mutter und Tochter verbindet das an Königshöfen eher seltene Glück, ihre Ehe als große Liebe zu leben. Beide teilen aber auch die Tragik, dieses Glück um viele Jahre allein überleben zu müssen.

Doch noch etwas – wenn auch sehr Äußerliches – verbindet Mutter und Tochter: Beide sind im landläufigen Sinn keine Schönheiten. Sie neigen ihr Leben lang zur Pummeligkeit. Doch, was Vicky betrifft, fasziniert sie schon als Kind, so als wolle sich die Natur für anderes, weniger Gelungenes, entschuldigen, durch ihre lebhaften tiefblauen Augen, durch ihr Temperament, das ihre Erscheinung so anmutig macht, durch ihren Charme, ihre Gabe, Menschen im Gespräch zu fesseln.

Albert und Queen Victoria auf einer kolorierten Photographie von 1861

Etwas aber unterscheidet die Prinzessin von ihrer Mutter, die ihr das auch neidlos, ja, sogar mit einer gewissen Bewunderung zugesteht: Sie hat vom Vater, dem Prinzen Albert, dessen Lern- und Arbeitseifer, gepaart mit hoher Intelligenz, geerbt.

Ganz im Gegensatz zu ihrem ein Jahr nach ihr geborenen Bruder Albert Edward, dem Thronerben. Da sich die Natur nun einmal nicht nach den Nützlichkeiten dynastischer Erbfolgen richtet, hat sie die Gaben zwischen Schwester und Bruder willkürlich verteilt. Der Prince of Wales lernt sehr schwer.

Schon bald beginnt er, die Bücher, die zu lesen er gezwungen ist, zu hassen. Bücher, die seine Schwester wissenshungrig geradezu verschlingt. Er beginnt immer häufiger zu stottern. Er versucht gar nicht erst, in einen Lern-Wettkampf mit der Schwester einzutreten. Statt dessen entwickelt er zu Vicky eine tiefe Zuneigung, die ein Leben lang anhalten soll.

MAYALL, FECIT.
MARCH 1ST 1861.

Werfen wir einen Blick in die Kindheit von Vicky, Bertie und ihren sieben Geschwistern, von denen sie vier – Alice, Alfred, Helena und Louise – nur wenige Jahre trennen. Der Plan, auf dem die Erziehung zur Disziplin ganz oben steht, stammt von Christian Friedrich von Stockmar. Er ist Arzt von Beruf. Prinz Albert, der ganze Abhandlungen darüber verfaßt, wie Vicky zu erziehen sei, hat ihn sich als Berater geholt. Seine Erziehungsphilosophie läßt sich etwa so zusammenfassen: Die guten Anlagen eines Kindes fördern, die schlechten unterdrücken. Die „natürlichen Triebe" in die richtigen Bahnen lenken, dem Kind Orientierung geben und „vor allem sein Denken rein erhalten".

Hannah Pakula beschreibt den Hobby-Pädagogen in ihrer Biographie Victorias mit folgenden Worten: „Von Beruf eigentlich Arzt, von seinen Anlagen her aber eher Gelehrter, klein, hypochondrisch und stets fröstelnd." Verständlich, daß die Königin schon bald selbst die Richtung für die Erziehung der Königskinder vorgibt. Ihr oberster Grundsatz ist es, die Kinder so einfach und häuslich wie möglich aufwachsen zu lassen, sie sollen auch so häufig wie nur möglich mit ihren Eltern zusammen sein. Sie müssen lernen, ihnen in allen Dingen zu vertrauen. Letzteres dürfte vor allem Vicky – trotz ihrer kindlichen Aufsässigkeit – besonders beherzigt haben. Sicher kein schlechtes Rezept der Königin.

In der Praxis sieht das dann so aus: Punkt acht Uhr zwanzig beginnt für die sechsjährige Vicky unter der Leitung ihrer Gouvernante Sarah Anne Hildyard, der Tochter eines Geistlichen, die sie „Tilla" nennt, der Unterricht. Er endet zur Teestunde der Königin um sechs Uhr am Abend. Ausgefüllt ist der Schultag am Morgen meist mit Arithmetik und dem Schreiben von Diktaten. Man liest Gedichte und wird in Geschichte und in Fremdsprachen unterrichtet.

An zwei Tagen der Woche gibt es Tanz-Unterricht. Dreimal wöchentlich liest sie mit der Mutter die Bibel. Aus den Musikstunden macht sich die kleine Prinzessin nicht sehr viel. Wohl aber aus dem Unterricht im Zeichnen. Dies allerdings erst, als sie zehn Jahre alt ist. Von diesem Alter ab erhielt sie Zeichenunterricht bei William Leighton Leitch. Er war schon der Zeichenlehrer der Mutter. Zwei Jahre später nimmt die Familie Edward Corbould, einen Aquarellmaler, in ihre Dienste. Er bleibt Vickys Lehrer bis zu ihrer

Verheiratung. Sie lernt schnell. Mit ihrem Spaß an der Malerei kommt auch das Interesse für die Kunst ganz allgemein. Mit fünfzehn malt sie ein Aquarell, dem sie den Titel „Das Schlachtfeld" gibt. Es wird auf einer Verkaufsausstellung in London präsentiert. Sein Erlös von 250 Guineen kommt den Opfern des Krimkrieges zugute, ebenso wie der Erlös der vom Original gemachten Kopien.

Zurück zum Schulunterricht. Er dauert nicht eigentlich knappe zehn Stunden. Intensiv gelernt wird nur fünf. Morgens wird der Unterricht für Vicky und Bertie zwei Stunden unterbrochen. Dann dürfen sie im Schloßpark entspannen, ebenso für anderthalb Stunden am Nachmittag. Um elf Uhr und um halb zwei wird gegessen.

Worauf Albert und Victoria besonderen Wert legen, sind die Sonntage. Sie sollen die Kinder, wie die Mutter schreibt, als Festtage empfinden, als Tage des Unbeschwertseins und der „fröhlichen Spiele".

Vicky bewältigt die Last des Lernens nahezu als Lust. Schon früh neigt sie zum Übermut. Temperament, Eigensinn und der Wille, sich durchzusetzen, sind das Erbgut der Mutter. Mit ihm bildet sie geistige Antikörper gegen die strengen Regeln des Lernbetriebes. Diese vermag ihr Bruder Bertie offenbar nicht zu entwickeln. Der Prince of Wales bekommt mit sieben Jahren einen eigenen Erzieher und einen noch strengeren Stundenplan.

Vicky ist zweifellos das schwierigste Kind der Königsfamilie. Sie wird dies später in einem Brief an ihren Mann, den preußischen Kronprinzen Friedrich Wilhelm, selbst bekennen. In dem Brief vergleicht sie sich mit der um zweieinhalb Jahre jüngeren Schwester Alice, die einmal den späteren Großherzog Ludwig von Hessen heiraten wird: „Alice war immer die geschmeidige, liebenswürdige ... leicht zu loben u. kam beinahe nie in Schwierigkeiten. Anders war es mit Deiner Dicken, die immer das Talent hatte, in die Tinte zu kommen, Strafen, Schelte, Schläge, u. disgrace sich zu holen, wo immer sie zu bekommen waren."

Das „In-die-Tinte-kommen" beginnt schon sehr früh, schon in den ersten Jahren, als Lady Lyttelton, die sie offensichtlich kaum zu bändigen verstand, noch ihre Gou-

Die englische Königsfamilie und Festgäste bei der Eröffnung der Weltausstellung in London 1851

PERSIA.

vernante war. Vicky setzt ihre geistige Lebhaftigkeit in Phantasie um. Anders ausgedrückt: Sie flunkert gern, erfindet Ereignisse, sieht Menschen und Tiere, die es gar nicht gibt und beherrscht die Grundregel aller kleinen Lügner perfekt: Sie bleibt ihrer Lüge treu bis zum Beweis des Gegenteils.

Ärgerlicher als die Flunkereien ist ihr Eigensinn. Sie läßt ihm in ihren frühen Kindheitstagen schreiend und um sich schlagend freien Lauf. Das vor allem dann, wenn die Dreijährige früh am Abend ein fröhliches Fest verlassen muß. Dann bahnt sich eine „Katastrophe" an, berichtet ihre erste Gouvernante, der es selten gelingt, die Widerspenstige zu zähmen. Vicky steigert sich derartig in Wut, daß man sie kreischend und strampelnd vom Festplatz in die offene Kutsche schleppen muß.

Prinz Friedrich Wilhelm von Preußen, Kupferstich um 1856

Derartige Ausbrüche, ebenso besonders ausgeschmückte Flunkereien, werden hart bestraft. Zimmerarrest ist die häufigste Strafe. Er wird bei schwerem Ungehorsam verschärft durch Zusammenbinden der Hände. Danach zeigt sich die Aufsässige reumütig, bequemt sich zu einem „Ich bedaure doch sehr!" Um dem sofort den Satz nachzuliefern: „Aber ich beabsichtige beim nächsten Mal wieder genauso schlimm zu sein."

Hier das Meisterstück: Prinz Albert hat einen Arzt für die königliche Familie eingestellt. Sein Name ist Dr. Brown. Der Vater ermahnt die Kinder, den Arzt nicht, wie Albert selbst, nur Brown zu nennen. Vielmehr gehöre es sich, ihn mit Doktor Brown anzureden. Alle folgen des Vaters Weisung. Nur Vicky tut es nicht. Man droht ihr, sie sofort aufs Zimmer und ins Bett zu schicken, wenn sie ein zweites Mal den Doktor Brown nur Brown sein läßt.

Schon am nächsten Tag begrüßt sie in Gegenwart der Königin den Arzt mit einem betont fröhlichen „Guten Morgen, Brown!" Als sie den empörten Blick der Mutter sieht, steht sie auf, macht einen Knicks und sagt mit gleicher Fröhlichkeit in der Stimme: „Gute Nacht, Brown! Ich gehe nämlich jetzt ins Bett!" So liest man es bei ihrer Biographin Hannah Pakula.

Wenn sich Victoria vom Mutterglück nicht gerade berauschen läßt, das Kinderkriegen zu den lästigen Pflichten zählt, die die Freuden einer glücklichen Ehe ungebührlich unterbrechen, so ist sie doch eine gute, um ihre königlichen Sprößlinge äußerst besorgte Mutter. Oberhaupt der Familie aber ist völlig unbestritten Prinz Albert. Ihm vor allem haben die Kinder zu gehorchen. Um das immer wieder unter Beweis zu stellen, fragt Victoria in Gegenwart der Kinder stets zuerst nach seiner Meinung. Was er sagt, wird zum Familiengesetz. Seine Entscheidungen kommen gleich nach den Geboten Gottes. Und alle Kinder empfinden dies auch so. Er ist nach den Worten Victorias „der allerliebste Papa". Ihm nachzueifern, um wenigstens einen Teil „seiner Vollkommenheit" zu erreichen, solle – und das ist von der Königin völlig aufrichtig gemeint – das Lebensziel der Kinder sein.

So gelingt es Victoria mit ihrer niemals nachlassenden Liebe zu ihrem Mann, den Kindern den Vater zum Idol zu machen.

Victoria und Albert wissen, was sie ihren Kindern schuldig sind, damit sie später – an welchen Fürstenhöfen auch immer – bestehen, ja, sie geistig und kulturell beeinflussen können. Schon früh teilen die Kinder die Leidenschaft der Mutter, selbst Theater zu spielen, vor allem aber wichtige Theater- und Opernaufführungen mit der Königin zu besuchen. Dabei führt Victoria Buch darüber, welche Stücke sie sah und welche ihrer Kinder sie mitgenommen hatte. Kann man doch bei neun Kindern leicht durcheinanderkommen.

So ist verzeichnet, daß Vicky in ihrem elften Lebensjahr drei Opern sieht, Mozarts „Don Giovanni" und „Die Zauberflöte", „Die Hugenotten" von Giacomo Meyerbeer. Einmal besucht sie in diesem Jahr ein Schauspiel. 1853 sind es sechs und 1854 sogar 13 Theateraufführungen. Darunter sind Shakespeare-Dramen, aber auch zeitgenössische Komödien, deutsche wie französische Stücke, unter anderem Schillers „Don Carlos" mit seinem berühmten „Sire, geben Sie Gedankenfreiheit!" des Marquis von Posa.

Königin Augusta, Mutter des Prinzen Friedrich Wilhelm

Es ist eine liberale Welt, geprägt vor allem vom Geist des Vaters, des Prinzen Albert, in der Vicky und ihre Geschwister aufwachsen. Alberts Traum ist es, daß sich sein deutsches Geburtsland unter der Führung eines liberalen Preußens mit der Verfassung einer konstitutionellen Monarchie, wie in England, einigen möge. Es ist ein Traum, der früh beginnt und gründlich zerbricht.

Ob Albert als erstem die Idee kam, Vicky mit dem preußischen Prinzen Friedrich Wilhelm zu verbinden, ist nicht belegt. Den englischen Prinzgemahl verbindet eine Freundschaft mit dem Prinzen Wilhelm von Preußen, dem Bruder des preußischen Königs Friedrich Wilhelm IV. Die Freundschaft entwickelt sich im europäischen Revolutionsjahr 1848. Damals mußte Wilhelm für drei Monate nach England fliehen, nachdem er gefordert hatte, die Aufständischen auf den Barrikaden von Berlin „niederzukartätschen".

Möglich ist auch, daß die Mütter von Vicky und „Fritz", wie der preußische Prinz in seiner Familie genannt wird, schon sehr früh derartige Heiratspläne hegten. Die Prinzessin Augusta aus dem Hause Sachsen-Weimar hatte

schon 1846 Queen Victoria und Prince Albert in London besucht. Und die Königin schreibt danach an ihren Onkel Leopold, den König der Belgier, Augusta sei „zu aufgeklärt und zu liberal, um am preußischen Hof keine Feinde zu haben". Aber sie glaube, in ihr habe sie und „unsere Familie eine Freundin gefunden". Und dann folgt der Satz, der Aufhorchen läßt: „Ich meine, daß ich in ihr eine Freundin besitze, die uns sehr nützen kann."

Man pflegt die „nützliche Freundschaft". Zu Weihnachten kommen aus Potsdam Geschenke. Dort bewohnt das Prinzenpaar das heruntergekommene Neue Palais, einst von Friedrich dem Großen erbaut, von ihm jedoch nie richtig bewohnt. Aunt Prussia, wie die Kinder sie nennen, schickt Vicky Miniaturobstläden. Bertie erhält fünf Schachteln mit preußischen Spielzeugsoldaten aus Holz und aus Blei. Als Gegengabe geht aus London für den 15jährigen Fritz ein schottischer Kilt ab. Augusta ermuntert den Sohn, die Tracht bei dem nächsten offiziellen Anlaß in Berlin zu tragen.

Nachdem wir so viel über Vicky wissen und noch so wenig über Fritz, den Hohenzollern-Prinzen, hier ein paar Schlaglichter: Er wird soldatisch erzogen. Früh schon trägt er eine für ihn maßgeschneiderte Militäruniform. Mit sieben Jahren erhält er seinen ersten Exerzierunterricht und macht erste Waffenübungen. Mit zehn wird er zum Sekond-Leutnant im Ersten Garderegiment zu Fuß ernannt. Er hat zunächst keine Privatlehrer. Vielmehr kommen Lehrer aus öffentlichen Schulen ins Palais, um ihn in Geschichte, Sprachen, Mathematik und Naturwissenschaften zu unterrichten.

Der Prinz ist von Natur aus schüchtern, so wie es einst sein Großvater, Friedrich Wilhelm III., war. Er ist – wie dieser auch – weich und gutherzig und ein äußerst ernstes Kind. Offenbar eines jener Geschöpfe an königlichen Höfen, die zu früh zu viele Pflichten hatten, um eine Kindheit auszuleben.

Oberst von Unruh, einer seiner Erzieher, berichtet, der Prinz habe alljährlich zu seinem Geburtstag von seinem Onkel, dem König Friedrich Wilhelm IV., fünfzig Friedrich

d'Or geschenkt bekommen. Worüber er frei verfügen durfte. Der Oberst fand den jungen Prinzen spätabends an einem dieser Geburtstage damit beschäftigt, eine Liste zusammenzustellen, wem er mit dem Geld und womit eine Freude machen könne. Dabei überlegte er genau, wie angebracht, je nach den Verhältnissen des einzelnen, dieses oder jenes Geschenk sein könnte. Als der Oberst die Eintragungen seines Schützlings zusammengezählt hatte, mußte er feststellen, daß der Prinz die gesamten fünfzig Friedrichdor verteilt hatte. Unruh vermerkt, was diesen Enkel Friedrich Wilhelms III. auszeichnet: „Der Ernst seiner Arbeit, die Einsicht in menschliche Zustände, die liebevolle Fürsorge und die Barmherzigkeit."
Auch Augusta erkennt schon früh den guten Charakter ihres Sohnes. Doch glaubt sie auch, nüchtern feststellen zu müssen, daß die Natur den Prinzen zwar mit viel Gefühl beschenkt, aber nicht im gleichen Maße mit geistigen Gaben ausgestattet habe. Als Fritz 13 Jahre alt ist, wird Professor Ernst Curtius als Lehrer des Prinzen engagiert. Der für seine Kenntnisse der Antike berühmte Professor führt ihn in die klassischen Sprachen ein und weckt in Fritz das Interesse für Kunst und Literatur.

Die wohl schlimmste Stunde für den sensiblen Prinzen, der sich ausrechnen konnte, einmal Preußens Thronerbe zu sein, war die in jenen Märztagen des Jahres 1848, als er im Palais nach einer Schere suchen mußte, damit sich sein Vater den Bart abschneiden konnte, um unerkannt nach England fliehen zu können, während er selbst mit seiner Mutter und seiner sieben Jahre jüngeren Schwester Luise, der späteren Großherzogin von Baden, die Schrecken der Revolution in Schloß Babelsberg, dem Sommersitz der Familie, übersteht.

Doch nun schreiben wir den 29. April 1851. Wir sind im chinesischen Salon des Buckingham-Palastes. In ihm ist die königliche Familie versammelt, um das preußische Prinzenpaar Wilhelm und Augusta und ihre Kinder Fritz und Luise zu empfangen. Da stehen sie sich zum ersten Mal gegenüber: die zehnjährige Vicky – ein Kind noch mit spätem Babyspeck – und der überschlanke, ein

Meter neunzig große, neunzehn Jahre alte Prinz aus Potsdam. Die breiten Schultern machen seine schlanke Gestalt noch auffälliger. Welches Kleid Vicky trägt an diesem Tag, ist nicht überliefert. Wie meist bei festlichen Gelegenheiten wird ihr braunes Haar zu einem Knoten gedreht sein, im Nacken zusammengehalten durch ein Netz aus Seide.

Niemand weiß, was in der Prinzessin vorgeht an diesem Tag. Sicher ist sie zu klug, um ein ahnungsloser kleiner Engel zu sein. Daß dieser Besuch mehr ist als eine Besichtigung der Londoner Weltausstellung, die in diesen Tagen eröffnet wird, das wird sie schon Wochen vor der Ankunft der hohen Gäste gespürt haben.

Preußens König Friedrich Wilhelm IV. hatte schwere Bedenken, den Bruder und seine Familie nach London reisen zu lassen. Er befürchtete ein Attentat auf Prinz Wilhelm, sah schon die große technische Attraktion, den Crystal Palace, eine kühne Konstruktion aus Stahl und Glas, beim ersten starken Windstoß zusammenstürzen und Tausende unter sich begraben, darunter auch die Familie des Prinzen.

Darauf schreibt ihm Albert, Englands Prinzgemahl, einen Brief, den man wiedergeben muß: „Ingenieurs mei-

nen, daß die Galerien brechen und die Besuchenden erschlagen müssen; Ärzte, daß durch den Kontakt der vielen Menschenrassen der schwarze Tod des Mittelalters wie nach den Kreuzzügen erzeugt werden würde; Theologen, daß dieser zweite Turm von Babel auch die Rache des beleidigten Gottes nach sich ziehen werde. Gegen all' diese Gefahren bin ich nicht imstande, Ew. Majestät gegenüber Verantwortung für das vielleicht bedrohte Leben Ihrer hohen Anverwandten zu übernehmen." Der Prinz verspreche aber, schreibt er weiter, „daß diesen derselbe Schutz für ihre Personen geleistet werden würde, welchen Victoria und ich genießen, die ja auch auf der Mordliste stehen sollen". Das gab den Ausschlag für die Erlaubnis Friedrich Wilhelms, den Bruder samt Familie reisen zu lassen.

Nun sind wir auf der Weltausstellung, dem Ereignis des Jahres 1851. Ihr Thema ist der Fortschritt. Die Ausstellung ist Prinz Alberts Projekt. Auch er sieht sich – wie Millionen im Land – einer erregenden neuen Zeit gegenüber, einer Welt der Maschinen, der von Dampf getriebenen Eisenbahnen und Schiffe, von sich beinahe täglich überschlagenden Nachrichten über technische und wissenschaftliche Fortschritte, vor allem in der Medizin. Und die königliche Familie bewegt sich an der Spitze des Fortschritts. So läßt sie sich als eine der ersten im Lande impfen. Victoria ist auch die erste Frau im Königreich, die sich bei der Geburt des Prinzen Leopold unter Chloroform-Narkose setzen läßt, um zu zeigen, daß man Kinder auch schmerzfrei auf die Welt bringen kann.

Der Kristallpalast 1851 in London, ein Meisterwerk der Ingenieurskunst

Es ist sicher eine sehr durchdachte Entscheidung, Vicky damit zu beauftragen, den langen Preußenprinzen durch die Ausstellung zu führen. Vorher hatte der Vater die Tochter mit allen technischen Sensationen der Schau vertraut gemacht. Als Fritz glaubt, mit ihr Englisch sprechen zu sollen, antwortet Vicky ihm in fließendem Deutsch.

Der Prinz ist fasziniert von dem von Joseph Paxton geschaffenen Kristallpalast. Auf 77 000 Hyde-Park-Quadratmetern haben sich 300 000 Glasscheiben und mehr als 5 000 Säulen und Träger zu einem gewaltigen Bauwerk zusammengefunden. Es ist das Symbol der führenden Rolle Englands in der Industrie Mitte des 19. Jahrhunderts.

Ganz besonders aber zieht es ihn zu den deutschen Glanzstücken der Ausstellung, so zu den isolierten Telegrafendrähten von Siemens. Sie sollen auf dem Grund des

Atlantiks verlegt werden, um von Kontinent zu Kontinent zu kommunizieren. Der Soldat Friedrich Wilhelm ist stolz auf die ausgestellte erste sechspfündige Stahlkanone von Krupp, die mit einer Goldmedaille ausgezeichnet wurde. Der Prinz und die kleine Prinzessin lachen über ein „Alarmbett“, das den Schläfer zum Wecken aus dem Bett heraus in ein kaltes Bad schleudern kann. Ebenso über den Ofen aus Preußen, der als ein Ritter in voller Montur gestaltet ist. Staunend stehen die beiden vor dem kostbaren Kohinoor-Diamanten, der in einem absolut einbruchsicheren Kasten aus vergoldetem Stahl aufbewahrt wird. Von ihm sagt man, daß er mehr Wert sein soll als die gesamte übrige Weltausstellung.

Sie bleiben vier Wochen in England, Prinz Wilhelm, Augusta, Fritz und seine Schwester. Für die letzten Tage hatten Victoria und Albert ihre Gäste noch in das Osborne House auf der Insel Wight eingeladen. 1845 hatte man Osborne als Privatbesitz erworben. Albert ließ das alte Haus abreißen und auf dem Grundstück eine Villa errichten.

Albert schildert in einem Brief selbst, wie die Tage dort verlaufen: „Wir sind auf unserer Insel ganz dem Genusse des warmen Sommerwetters hingegeben. Die Kinder fangen Schmetterlinge. Victoria sitzt unter den Bäumen. Ich trinke Kissinger Wasser Ragotzy.“ Hier auf der Insel lernen die Kinder das Schwimmen. Albert hat sich dafür einen in der Bucht festgemachten Behälter ausgedacht. Der Boden dieses schwimmenden Badebeckens ist in der Höhe verstellbar, so daß es der Größe jedes Kindes angepaßt werden kann.

Doch eines wollen wir uns intensiv ansehen. Wird doch das viktorianische Zeitalter auch als die Blüte der Prüderie in England betrachtet. Begleiten wir denn Englands große Königin zum morgendlichen Bad im Meer. Auch der dafür nötige Badekarren ist eine Konstruktion Alberts. Er

Das Osborne House auf der Insel Wight, 1890

rollt mit der Queen über den abfallenden Pier zum Strand. Ist er dort angelangt, tritt Victoria auf einen kleinen Vorbau, der mit dichten Vorhängen versehen ist. Von diesem Vorbau geht die badende Königin fünf Stufen hinunter ins Meer. Erst wenn nur noch der Kopf Ihrer Majestät nicht vom Wasser umspült ist, wird der Karren zurückgezogen. Hat Victoria die Badefreuden satt, rollt der Karren wieder an, beginnt die Prozedur rückwärts.

Noch etwas gibt es vom Osborne House und der Insel zu berichten. Etwa 500 Meter von der Villa entfernt haben die Eltern für die Kinder ein Spielhaus errichten lassen. Es ist ein Schweizer Chalet en miniature aus geschnitztem schwarzen Holz und mit Balkonen ringsum. Hier lernen die Prinzen und Prinzessinnen jede Art häuslicher Dienste. Hier backt Vicky in einer in Weiß und Blau ausgestalteten Küche auch ihren ersten Kuchen. Am Haus hat jedes Kind einen eigenen kleinen Garten. Von den Wänden des Spielhauses lassen sich Psalmen ablesen.

Das alles erlebt der Preußenprinz auf der Insel Wight für wenige Tage. Doch sind sie auf gewisse Weise prägend für den jungen Mann, der erkennt, wie anders eine Kindheit sein kann als es seine war. Wie sehr sie getragen ist von der Harmonie zwischen den Eltern. Etwas, das es zwischen dem sehr autoritären Vater und der liberal erzogenen Mutter nicht gibt. Lange werden sie bei ihm nachwirken, diese Tage in London und im Osborne House am Meer.

Sie werden sich Briefe schreiben, die kleine Prinzessin und der schöngewachsene Prinz. „Deine Dich liebende ganz ergebene Vicky“ wird unter der Post aus London stehen. „Dein Dich liebender Friedrich Wilhelm“ heißt es in den Briefen aus Potsdam und aus Bonn, wo der Prinz studiert.

Das Schicksalsjahr

Vicky und
Friedrich Wilhelm:
Das frischvermählte Paar
1858 vor
Schloß Windsor

„Es war nicht Politik.
Es war nicht Ehrgeiz.
Es war mein Herz."

(Prinz Friedrich Wilhelm von Preußen
zu seiner Verlobung mit Prinzessin Victoria)

Sie dreht sich im Tanz. Die Spiegel ringsum sind in Gold getaucht vom Kerzenschein der Lüster. Ein dutzendmal werfen sie ihr Bild zurück. Es ist das Bild der fast fünfzehnjährigen Vicky. Der Mann, der sich mit dem Königskind im Walzerschritt im Spiegelsaal von Versailles dreht, ist Napoleon III., der Kaiser der Franzosen.

Die Prinzessin trägt ein Kleid nach französischer Mode. Es ist mit blassen pfirsichfarbenen Rosen verziert auf weißem Tüll. Wer sich von ihr verzaubern lassen will, muß nur erleben, wie ein Lächeln das weiche junge Gesicht aufleuchten läßt, wie die so ungewöhnlich blauen Augen die Augen des anderen suchen. Ihr Blick ist offen und voller Erwartung.

Frankreichs Kaiser, auf dessen Schulter die Hand der Prinzessin ruht, ist auffallend klein. Die ganze Erscheinung entbehrt nicht einer gewissen Komik. Was noch betont wird durch seinen Spitzbart und den Schnurrbart darüber. Er ist nahezu geometrisch exakt horizontal gezwirbelt und überragt zu beiden Seiten gleichmäßig das durch den Kinnbart in die Länge gezogene Gesicht. Das alles aber hat es nicht vermocht, seinen Ruf als einen der größten Charmeure Frankreichs zu schmälern.

Der Neffe Napoleons I. ist mit einer der schönsten Frauen Europas verheiratet. Kaiserin Eugénie, Tochter einer spanischen Adelsfamilie, ist das Schönheitsideal einer ganzen Epoche. Sie ist groß, voll Anmut und von atemberaubender Eleganz.

Unter den 4000 Ballgästen dieser Augustnacht des Jahres 1855 im Schloß zu Versailles ist auch Otto von Bismarck. Wenngleich die mächtige Gestalt des damaligen Gesandten Preußens am Frankfurter Bundestag kaum zu übersehen ist, so ist doch nicht vermerkt, ob die kleine Prinzessin aus London und der hochgewachsene Gutsherr aus Schönhausen einander begegnet sind. Doch ist es zu vermuten. Da sich am Rande des glanzvollen Festes die Königin und der Prinzgemahl lange mit dem späteren deutschen Reichskanzler unterhielten.

Schicksalslinien dieser Art lassen sich aus einer Hand nicht lesen. Sie sind Jahresringe des großen Weltgeschehens. Nur etwas mehr als eineinhalb Jahrzehnte danach wird eben

Napoleon III., Kaiser der Franzosen, auf einem Gemälde von Franz Xaver Winterhalter, 1857

dieser Otto von Bismarck in diesem Spiegelsaal das Deutsche Reich zur Welt kommen lassen. Wird er einen preußischen König zum deutschen Kaiser machen, während Frankreichs Kaiser Krone und Reich verliert. Die schöne Kaiserin wird sich ins Exil nach London flüchten. Und die kleine Prinzessin Vicky aus der Ballnacht vor den Spiegeln von Versailles – nunmehr deutsche Kronprinzessin – wird in den Kulissen dieses Welttheaters darauf warten dürfen, deutsche Kaiserin zu werden. Während gleichzeitig der Traum des Prinzen Albert zu zerbrechen beginnt, über seine Lieblingstochter Vicky und den Preußenprinzen ein liberales Preußen zu schaffen, das Deutschland in eine konstitutionelle Monarchie führt. So faszinierend kann Geschichte sein!

Das Jahr 1855 ist Vickys Schicksalsjahr. Es ist auch eines der drei Schicksalsjahre Europas zwischen 1853 und 1856. Es beginnt mit dem Zerfall des im 14. Jahrhundert von dem Türken Osman I. begründeten Osmanischen Reiches. Das macht sich Zar Nikolaus I. zunutze. In einem Ultimatum fordert er den Schutz durch Rußland für alle unter türkischer Herrschaft lebenden orthodoxen Christen. Als diese Forderung zurückgewiesen wird, besetzen russische Truppen die unter türkischer Herrschaft stehenden Fürstentümer Moldau und Walachei. Dem folgt von türkischer Seite die Kriegserklärung.

Als Rußlands Flotte vor der türkischen Küste vor Anker geht, sieht England sich als Seemacht herausgefordert. Gemeinsam mit Frankreich stellt es sich an die Seite der Türken. Ein Expeditionscorps wird auf die Krim entsandt. Wo man unter entsetzlichen Verlusten, vor allem durch die Cholera, die unter den Soldaten Englands wütet, Sewastopol belagert. Um es schließlich nach elf Monaten einzunehmen.

Preußens kränkelnder König, Friedrich Wilhelm IV., hält Preußen aus dem Konflikt heraus. Er sympathisiert mit dem Zaren. Der hatte Frankreichs Kaiserreich unter Napoleon III. nicht anerkannt. Der Groll des Zaren auf die-

sen sich selbst krönenden Kaiser wächst noch, nachdem Frankreich den katholischen Mönchen die Verwaltung der christlichen Stätten im Heiligen Land übertragen hatte. Bis dahin wurde sie von der russisch-orthodoxen Kirche wahrgenommen.

In der Spiegelgalerie des Versailler Schlosses erlebt Vicky 1855 die mondäne Pariser Welt.

Prinz Wilhelm, der Bruder des preußischen Königs und wenige Jahre später sein Nachfolger auf dem Thron, plädiert für ein Engagement an der Seite Englands. Doch glaubt Friedrich Wilhelm, Rußland gegenüber noch eine Dankesschuld zu haben aus den Tagen der Befreiungskriege. In England wächst nun die anti-preußische Stimmung in gleichem Maße wie in Berlin die unverhohlene Parteinahme für Rußland und den Zaren wächst.

Ganz schlechte Zeiten also für den Plan, England und Preußen durch eine Heirat des preußischen „Fritz" und der englischen „Vicky" auf lange Zeit einander zu verbinden.

Doch kehren wir zurück auf die Sonnenseiten des politischen Geschehens. Zurück also in das Jahr 1855. Zurück in die Augusttage dieses Schicksalsjahres, als Vicky gemeinsam mit ihrem Bruder Albert Edward, dem Prince of Wales, ihre Eltern zum Staatsbesuch nach Frankreich begleiten darf. Es ist seit vier Jahrhunderten das erste Mal, daß ein britischer Souverän als Staatsgast französischen Boden betritt. Napoleon weiß, was er diesem Besuch schuldig ist. Allein in Paris bietet er 60 000 Soldaten in blankgeputzter Montur zum Spalier auf. Goldgefaßte Baldachine aus rotem Samt überspannen den Bahnsteig. Mehr als 100 000 Menschen säumen den Boulevard Strasbourg, um Englands Königin zu sehen.

Lassen wir die Queen selbst berichten. In ihrem Tagebuch schwärmt sie: „Keine Beschreibung kann die Pracht der ganzen Szene vorstellbar machen. Vicky und ich nebeneinander." Wie ein Traum sei es ihr erschienen, daß Vicky „comme une grande personne" dabei gewesen sei. „Der Kaiser und Albert uns gegenüber (…) Banner, Flaggen, Bögen, Blumen, Aufschriften, Festbeleuchtungen, die Fenster voller Menschen (…) allesamt über die Maßen begeistert."

So aus der Sicht Victorias. Aus der eines französischen Generals, der sicherlich die Meinung nicht weniger Franzosen wiedergibt, ist man in Paris nahezu schockiert über die Kleidung der Königin. Der General: „Sie trug eine weiße, volantbesetzte Robe mit einem geschmacklosen grünen Umhang darüber." Trotz der großen Hitze habe sie sich „eine klobige Haube aus weißer Seide aufgesetzt, mit flatternden Bändern hinten und oben einen Busch aus Marabufedern". Noch schlimmer als die Haube sei der Beutel an ihrem Arm gewesen. „Ein voluminöses Objekt (...) aus weißem Satin oder weißer Seide, worauf ein Pudel in Gold gestickt war".

Eine andere Stimme aus diesen zehn Tagen des Besuchs, die der königlichen Ehrendame Mary Bulteel, vermerkt, die schlechte Garderobe der Königin habe keinerlei Bedeutung gehabt. Eindruck gemacht habe vielmehr „ihre wunderbare Würde, ihre Art, die Menge zu grüßen und das vollkommene Fehlen von Voreingenommenheit".

Ebenfalls von Winterhalter porträtiert: Kaiserin Eugénie, Schönheitsideal einer ganzen Generation, 1855

Dazu eine winzige Szene, die auffiel und nicht ohne Amüsement betrachtet und beschrieben wurde. Sie mag den Unterschied zwischen Victoria und Eugénie deutlich machen: In der Pariser Oper werden die beiden Nationalhymnen abgespielt. Danach dreht sich Eugénie nach ihrem Stuhl um, bevor sie sich setzt. Die Queen dagegen nahm in ihrem Stuhl Platz, ohne auch nur daran zu denken, sich nach ihm umzusehen. Sie, die geborene Anwärterin auf einen Königsthron, die gelernte Königin, war sicher, der Stuhl wird an seinem Platz sein.

Während ihres Besuches bewohnt die königliche Familie das Schloß von Saint-Cloud. Dort schläft Vicky erstmals allein in einem Zimmer. Zu Hause muß sie nach wie vor das Schlafgemach mit ihrer Schwester teilen. Doch nicht nur deshalb werden die Tage von Paris für Vicky unvergeßlich sein. Zum ersten Mal ist sie ganz eingebunden in das Hofzeremoniell, fährt mit ihren Eltern und dem Kaiser in der ersten Kutsche. Und ihre Mutter schwärmt, wie hübsch sie in ihren verschiedenen Kleidern doch anzusehen sei. Sie sind sämtlich von französischen Couturiers gearbeitet, und sie haben ihre eigene kleine Geschichte.

Eine lebensgroße Puppe der Prinzessin spielt darin eine wichtige Rolle. Diese Puppe hatte Eugénie bei dem Besuch des Kaiserpaares in London entdeckt, vier Monate vor Victorias Staatsbesuch in Paris. Die Kaiserin ließ die Puppe vermessen. Danach kamen wahre Träume von Kleidern in Londons Buckingham-Palast an. Absender Frankreichs Kaiserin und adressiert an „Die Puppe Ihrer Königlichen Hoheit“. So ist Vicky durch ein Komplott zwischen Prinzessin und Kaiserin, über das weder die eine noch die andere je ein Wort verliert, in Paris nach bester französischer Mode gekleidet.

Die Tage mit Eugénie – ob im April in London, wo das Kaiserpaar das für den Besuch auf französisches Interieur umgestaltete Schloß Windsor bewohnt, ob im August in Paris – machen auf die Prinzessin aus dem Reich britischer Biederkeit einen starken Eindruck. Zum ersten Mal erlebt

Vicky jenes Spiel aus Schein und Widerschein mit seinen kostbaren Toiletten, dem Duft aus tausend Rosengärten, den kunstvollen Haartrachten, den blitzenden Juwelen im Lichtermeer von Kerzen und bengalischem Feuer. Aus Spiegeln, die all den Glanz verkehrt zurückwerfen, im Walzertakt die Wirklichkeit vergessen machen. Dies alles erleben sie nun, die blutjunge Prinzessin und ihr Bruder Bertie. Verwirrt macht sie diese Welt und fassungslos.

Als man Abschied nimmt vom Lichterglanz, da mögen sich die beiden davon nicht trennen. Die Queen muß feststellen, daß ihre Vicky „zu Tränen gerührt ist", als sie sich von Eugénie verabschiedet. Die Kaiserin hatte ihr ein Armband, besetzt mit Rubinen und Diamanten, geschenkt, darin eingeschlossen Haarsträhnen von ihr. Bertie, Englands 13jähriger Thronfolger, ist derart überwältigt von allem, was er in Paris und seiner Umgebung sehen und erleben durfte, daß er Eugénie bittet, für sich und seine Schwester ein gutes Wort bei den Eltern einzulegen, damit beide noch ein paar Tage länger bleiben dürfen. Als Eugénie darauf zu bedenken gibt, die Eltern könnten Vicky und Bertie wohl in London brauchen, antwortet der Prinz: „Nicht ohne uns sein? Glauben Sie das nicht! Zu Hause gibt es noch sechs von uns. Sie brauchen uns gar nicht."

Schloß Windsor, Unterkunft für das französische Kaiserpaar 1855, Photographie um 1885

Vicky – so weiß man – hat das Bild des Kaisers und der Kaiserin, den Glanz um sie herum, die Welt der beiden in ihrer so verführerischen Oberflächlichkeit Zeit ihres Lebens mit Zärtlichkeit bewahrt.

Noch immer aber tobt der Krieg auf der Krim. Noch immer sterben Englands und Frankreichs Söhne einen elenden Tod auf moderndem Stroh, in primitiven Lazaretten, erbarmt sich eine Florence Nightingale der verletzten Soldaten und wird zum „Engel der Verwundeten". Noch immer und sogar in zunehmendem Maße ist man in London voller Zorn auf Preußen, auf dessen pro-russische Politik, die man als antienglische Politik empfindet.

Erst so werden Briefzeilen erklärbar, wie sie Königin Victoria im Sommer 1855 an ihren Wunschschwiegersohn, Preußens Prinzen Friedrich Wilhelm, richtet: Die augenblickliche politische Lage Preußens sei „peinlich". Doch werde es wohl „auch wieder bessere Zeiten" geben. Es ist der Begleittext zu einer Einladung an den Prinzen, die königliche Familie im September auf Schloß Balmoral in Schottland zu besuchen.

Als Friedrich Wilhelm daraufhin seinen königlichen Onkel bittet, sein Einverständnis zu einer Reise nach Schottland zu geben, da zögert Friedrich Wilhelm IV. Er windet sich in Gewissenskonflikten. Als er sich endlich zu einem Einverständnis durchgerungen hat, macht er daraus ein Staatsgeheimnis, das er nicht einmal seiner Frau, der Königin Elisabeth, anvertraut.

Nun also ist er auf Schloß Balmoral im schottischen Hochland, der schöne hochgewachsene Preußenprinz. Er hat mit seiner Größe von einem Meter neunzig Gardemaß. Seine überschlanke Gestalt erinnert an den Großvater, Friedrich Wilhelm III. Doch hat er offenbar noch weit mehr geerbt von diesem König. So die starke Sensibilität, der Urgrund seiner Geradlinigkeit. Aber auch dies, von seiner Mutter immer wieder beklagt: Die Neigung, sich unterzuordnen, es an Selbstvertrauen fehlen zu lassen. Das läßt ihn nicht selten hilflos erscheinen und führt zuweilen zu Phasen tiefer Depression. Aufgewachsen im Schatten einer zerrütteten Ehe, in der Furcht vor einem autoritären Vater und in der Kühle einer über die Maßen ehrgeizigen Mutter, war aus ihm ein scheuer, schüchterner junger Mann geworden.

Begleitet nach Balmoral wird Fritz, wie man ihn in Berlin und London nennt, von seinem Adjutanten, dem Grafen Helmuth von Moltke. Der Graf und spätere Generalfeldmarschall, verheiratet mit einer Engländerin, ist für den Prinzen ein Glücksfall. Moltke ist welterfahren, hochintelligent, kultiviert und mit all diesen Eigenschaften ein begeisterter Soldat. Sein Beispiel läßt aus dem Prinzen einen Offizier werden, dem auch nur der leiseste Anflug von Arroganz fehlt.

Alles in allem keine schlechten Voraussetzungen, um es der kleinen Prinzessin – sie ist nur ein Meter und siebenundfünfzig groß und von daher gezwungen, zu ihm aufzuschauen – leicht zu machen, in Fritz den Mann fürs Leben zu sehen. So, wie es sich die Eltern der beiden Fürstenkinder in Berlin und London wünschen. Allerdings – und das ehrt sie: Weder Wilhelm und Augusta noch Vic-

Der preußische König Friedrich Wilhelm IV., Onkel des Prinzen Friedrich Wilhelm, in seinem Arbeitskabinett, Gemälde 1846 nach Franz Krüger

toria und Albert geben Fritz und Vicky das Gefühl, aus Gründen der Staatsraison einander mögen und miteinander leben zu müssen.

So ist denn Fritz mit der Absicht nach Balmoral gekommen, als Verlobter der Princess Royal für den Fall nach Berlin zurückzukehren, daß das kleine, so liebliche Prinzeßchen aus den Apriltagen des Jahres 1851, als es ihn durch die Weltausstellung führte, noch immer jenen Liebreiz besitzt, der ihn seither nicht mehr losgelassen hat.

Nun aber wird es ernst in den für Herzensdinge so wohltuenden Herbsttagen auf Balmoral. Daß sich Vicky in den Prinzen verlieben könnte, davon sind Victoria und Albert überzeugt. Ihre Sorge dreht sich um Fritz, gilt der Frage, ob ihre Tochter für den so gut aussehenden jungen Mann, um den sich Europas Fürstentöchter reißen würden, hübsch genug ist. Wie sich doch die Bilder gleichen! Als Victoria ihrem Albert begegnete, ihr dessen Erscheinung fast den Atem nahm, da war sie es selbst, die sich die Frage stellte, ob sie für den Prinzen aus Sachsen-Coburg und Gotha anziehend genug sein könnte.

Beide – die Königin und Vicky – leiden darunter, daß sie mit ihrem Aussehen hadern. Dabei hat die Queen Vicky auch immer wieder darin bestärkt, sich nicht sehr attraktiv zu finden. Beide, Mutter und Tochter, bewundern – wie im Fall der Kaiserin Eugénie –, wenn auch ohne jeden Neid, schöne Frauen, sammeln ihre Gemälde und Photographien, um sie sich anzusehen.

Vicky allerdings scheint in diesen Tagen in Balmoral die Sorge nicht umzutreiben, sie könne dem Prinzen nicht gefallen. Die Königin aber befällt der Gedanke, Vicky könne sich bei der Ankunft des Prinzen auf ein Bein stellen, was sie immer wieder gern tut. Sie könnte vielleicht zu laut lachen, was gleichfalls zu ihren Unarten gehört. Sie könnte, wie so oft, das Essen herunterschlingen, schlampig daherwatscheln wie eine Ente.

Doch was geschieht? Vicky überrascht ihre Mutter mit einem Auftritt, den sie ihr niemals zugetraut hätte. Gekleidet in einen schön karierten Tartan der schottischen Highlands, geht sie am Schloßtor einen Schritt auf den

Prinzen zu. Mit einer bei ihr nie vermuteten Eleganz reicht sie Fritz ihre Hand zum Kuß. In dieser Sekunde, als das junge Mädchen von einer majestätischen Ausstrahlung umgeben ist, kommt der Königin plötzlich der Gedanke, ob sie sich nicht besser wünschen sollte, diese wunderbare Tochter zu behalten.

Die nächste Überraschung folgt am Abend des ersten Besuchstages beim Dinner zu viert. Überrascht sind Victoria und Albert nicht, daß auch diesmal, wie nicht selten, Vicky die Todsünde begeht, zu spät an der Tafel zu erscheinen. Nein, die Überraschung, die Königin und Prinzgemahl staunen läßt, sind die überschwenglichen Beteuerungen der Prinzessin und der unwiderstehliche Charme, mit dem sie sich entschuldigt. Sie trägt ein weißes Kleid, das mit hellroten Schleifen verziert ist. Während des Essens plaudert Vicky völlig unbeschwert mit dem Prinzen, wechselt ständig zwischen der englischen und deutschen Sprache. Sie zaubert ihr gewinnendstes Lächeln herbei und läßt sich ihre Bewunderung für Friedrich Wilhelm anmerken. Sie scheint bei diesem Dinner die einzige zu sein, die sich rundherum wohlfühlt. Es ist, als habe sie sich vorgenommen, diesem Fritz schon am ersten Abend den Kopf so zu verdrehen, daß er gar nicht anders kann, als sie haben zu wollen.

Ihre Mutter hatte es vor 15 Jahren leichter mit dem Habenwollen, als es um Vickys Vater ging. Sie war Königin. Vicky jedoch muß warten, ob dieser Prinz sie bittet. Die Chancen dafür jedoch stehen nicht schlecht nach diesem Abend auf Balmoral. So schreibt Fritz an seine Eltern, Vicky sei „so allerliebst, so natürlich (...) und so unbefangen. Sie besitzt ein so angenehmes Gemisch von Kindlichkeit und jungfräulicher Anmut, wie ich es gerne habe." Er könne sagen, daß „Gemüt und Verstand reichlich in ihr wohnen und Interesse für Kunst und Literatur, namentlich Deutschlands, sie lebhaft erfüllt". Ohne Übertreibung könne er glauben, annehmen zu dürfen, „daß wir wohl zueinander passen werden". Na also!

Nach diesem Bekenntnis geschieht alles so, wie man es gern liest. Es soll für Fritz eine schlaflose Nacht gewesen sein, nach der er sich entschließt – wie es heißt – „mit klopfendem Herzen", Victoria und Albert seine Liebe zu Vicky zu offenbaren. Was die Königin und den Prinzgemahl zu Freudentränen rührt, sind die folgenden Worte des Heiratskandidaten: „Es ist schon seit langem mein Wunsch, die Prinzessin zu bitten, meine kleine Frau zu werden.“ (Was man ob des Größenunterschiedes von 33 Zentimetern auch wörtlich nehmen könnte.) Er habe, fährt Fritz fort, die Billigung und Zustimmung nicht nur seiner Eltern, sondern auch des Königs. Und da er „Vicky so allerliebst“ finde, könne er nun nicht länger warten und müsse sein Herz ausschütten. Die Königin ringt mit der Fassung. Stumm drückt sie dem Prinzen die Hand.

Doch ganz so einfach wollen es Victoria und Albert nun doch nicht haben. Sie möchten, daß Fritz und Vicky nicht vor dem 17. Geburtstag der Prinzessin heiraten. Auch soll Fritz mit dem Heiratsantrag und dem Verlöbnis noch warten bis zum nächsten Frühling, wenn Vicky 16 Jahre alt ist und konfirmiert wurde. Doch wo es nun soviel Gefühl gibt zwischen zwei jungen Menschen, da entzieht sich die Wirklichkeit der Planung. Fritz möchte seiner künftigen Braut ein Armband schenken. Als er die Eltern dafür um Erlaubnis fragt, ist man denn doch der Meinung, er möge schon einmal mit Vicky über seine Zuneigung und eine mögliche Verlobung sprechen.

Schloß Balmoral in Schottland: Ort der heimlichen Verlobung, Stich vor 1871

Das liest sich dann bei Vickys Biographin Hannah Pakula so: Auf einem Aufstieg zu den mit Heidekraut bedeckten Hängen des Craig-na-Ban einige Tage später gelang es Fritz und Vicky, hinter den anderen zurückzubleiben. Fritz pflückte einen Zweig des weißen Heidekrauts, das als Glückssymbol gilt, reichte ihn ihr, küßte sie zum ersten Mal und erklärte, er hoffe, sie würde nach Preußen kommen. Sie antwortete, sie wäre glücklich, dort ein Jahr zu verbringen. Worauf er hinzufügte, er hoffe, sie würde „für immer“ kommen, was ihr die Röte ins Gesicht trieb. Hatte er sie jetzt gekränkt? „Oh nein“. Könne er es ihren Eltern sagen? Nein, sie würde selbst mit ihnen sprechen. Sie reichten sich die Hände und Fritz sagte, dies sei einer der glücklichsten Tage seines Lebens.

Nachdem die Prinzessin ihren Eltern auf die Frage, ob sie den Prinzen liebe, mit einem „Ja, immer schon!“ geantwortet hat, geht Victoria mit Vicky ins Nebenzimmer, wo der Prinz auf die beiden wartet. Er will Vickys Hand küssen. Das aber gelingt ihm nicht, weil Vicky sich ihm in die Arme wirft. Dem folgt ein langer Kuß. Die heimliche Verlobung ist besiegelt. Öffentlich bekanntgegeben wird sie verabredungsgemäß am 17. Mai 1856.

Voller Sorge jedoch klingt das, was Victoria in Reaktion auf die kritischen Stimmen in Berlin zur Verlobung ihrer Tochter in ihr Tagebuch einträgt: „Ich bin sehr verbittert über das Verhalten des preußischen Hofes und der Regierung, und die Vorstellung, daß unser Kind nach Berlin geht, mehr oder weniger in die Höhle des Löwen, ist mir jetzt unangenehm."

Das Wetterleuchten um Fritz und Vicky hat begonnen. Noch bevor die beiden am 25. Januar 1858 in der königlichen Kapelle im St. James's Palace vor den Traualtar treten.

56

In einer anderen Welt

Das preußische Prinzenpaar 1865 in Berlin

„Ich hoffe, ich bin würdig, Dein Kind zu sein!"

(Vicky am Tag ihrer Hochzeit zu ihrer Mutter, Königin Victoria)

Eilen wir wieder einmal den Ereignissen voraus: 17 Jahre alt ist Vicky gerade geworden. Wir erleben sie nun an einem eiskalten Februartag des Jahres 1858 in Berlin. Seit wenigen Tagen hat Vicky einen zweiten Titel: Am 25. Januar in der Londoner St. James's Chapel dem Preußenprinzen Friedrich Wilhelm angetraut, ist sie nun auch eine Prinzessin von Preußen, mit allen Aussichten, preußische Kronprinzessin und Königin zu werden.

Sie hat an diesem Tag einen stürmisch bejubelten Einzug in Preußens Hauptstadt hinter sich. Später, in einem Brief an ihre Mutter, berichtet sie so darüber: „Die Menge in den Straßen war unbeschreiblich – und erst der Lärm – ! – die Zurufe und Glocken und Kanonen!" Die ganze Stadt müsse wohl „unzählige Flaggen, Banner, Bänder, Wimpel etc. herausgehängt haben, die (...) in dem bitterkältesten Ostwind wehten".

8. Februar 1858: Das Prinzenpaar wird von der preußischen Königsfamilie an der Treppe des Berliner Schlosses empfangen.

Trotz schneidender Kälte hatte Vicky während der gesamten Zwei-Stunden-Fahrt durch Berlin darauf bestanden, die Fenster der Staatskarosse geöffnet zu halten. Sie will nicht, daß man sie nur hinter einer Glasscheibe sieht. Sie erträgt die beißende Kälte, die durch das tiefausgeschnittene Festkleid dringt. Diese Kälte macht die ihr gegenüber sitzende 18jährige Hofdame, Gräfin Wally Hohenthal, so steif, daß sie die blaugefrorenen Lippen nicht mehr zu bewegen vermag.

Im Berliner Stadtschloß, wo Friedrich Wilhelm und Vicky vorerst wohnen werden, empfangen König Friedrich Wilhelm IV. und Königin Elisabeth, die als alles andere als englandfreundlich gilt, den Prinzen und die Prinzessin. Zitternd vor Kälte war Vicky die Schloßtreppe hinaufgeeilt. Oben angekommen, fragt die Königin: „Bist Du denn nicht vollkommen erfroren?" Und Vicky antwortet so wunderbar, als habe sie dabei an die späteren Schulbücher für Preußens Kinder gedacht: „Doch das bin ich", erwidert sie bibbernd und versucht ein tapferes Lächeln: „Ich habe noch eine warme Stelle, und das ist mein Herz." So ein Satz muß einem erst einmal einfallen!

Und Fritz, verliebt und glücklich, telegrafiert an seine Schwiegereltern Victoria und Albert in London: „Die ge-

samte königliche Familie ist hingerissen von meiner Gattin!" Prinz Albert reagiert darauf nicht etwa mit einem Jubelschrei. Er ermahnt in einem Brief die in Berlin so gefeierte Tochter, daran zu denken, daß sie eine Fremde sei in Preußens Königsfamilie, das entzückte und enthusiastische Berliner Publikum bald zur schärfsten Kritik übergehen und sie „anatomisch zerlegen" werde. Das alles dürfe sie nicht befremden. Dann folgt der väterliche Rat: „Dein Platz ist Frau Deines Mannes, Tochter Deiner Mutter, Du wirst nichts anderes verlangen, aber auch nichts von dem aufgeben, was Du Mann und Mutter schuldig bist."

Otto von Bismarck, der spätere Reichsgründer, sieht das ganz anders. An General Leopold von Gerlach schreibt er über die „englische Heirat“: Gelänge es der Prinzessin, „die Engländerin zu Hause zu lassen und Preußin zu werden, so wird es ein Segen für das Land sein“.

Da zeigt sich zum ersten Mal der Zwiespalt, mit dem die junge Prinzessin von nun an leben muß. Sie wird ihn nicht lösen können. Lesen wir, was Bismarck weiter schreibt: „Bleibt unsere künftige Königin auf dem preußischen Thron nur einigermaßen Engländerin“, so sehe er den preußischen Hof und Preußens Politik massivem englischen Einfluß ausgesetzt.

Das Berliner Schloß. Gemälde von Friedrich Wilhelm Klose (1804–1863)

Und in England? Da gibt denn die Londoner „Times“ noch Wasser auf die Mühlen. Sie scheut sich nicht, „der Tochter unseres Königshauses ein besseres Schicksal“ zu wünschen, „als die Verbindung mit einer Dynastie, die nicht weiß, was sie (...) den Rechten der Menschen, über die sie regiert, noch ihrer Stellung im großen europäischen Bündnis schuldig ist“. Es ist also schon ein Wunder, daß man Vicky in Berlin so begeistert feiert.

In England, wo – im Gegensatz zu Preußen – das Parlament regiert, die öffentliche Meinung mehr als in jedem anderen Land Europas die Entscheidungen der Politik bestimmt, hat das materielle Folgen für die Princess Royal und ihren Ehebund. Das Parlament muß über die Mitgift Vickys entscheiden. Voll Pathos hatte die Queen die Abgeordneten gebeten, so großzügig zu verfahren, wie es der „Würde der Krone und der Ehre des Landes angemessen“ sei. Hatte sie auf Wohlwollen und 80 000 Pfund, dazu eine jährliche Apanage von 10 000 Pfund gesetzt, so muß sie sich mit 40 000 Pfund und einer Apanage von 8 000 Pfund zufriedengeben.

Das trifft das künftige junge Ehepaar schwer. Wollte man doch mit den Zinsen aus Vickys Mitgift den gemeinsamen Haushalt finanzieren. Auch Friedrich Wilhelm IV. zeigt sich, ob der englischen Kritik an Preußen, außerordentlich kleinlich. Er setzt für den Prinzen ein jährliches Einkommen von 9 000 Talern fest und läßt das am preußischen Hof sonst übliche Geldgeschenk, die so-

genannte „Morgengabe“, an die angetraute Prinzessin einfach aus. Gab es zwar keinen Streit ums Geld, so wurde um die Frage heftig gestritten, wo die Trauung von Fritz und Vicky stattfinden sollte. Die Preußen sahen es als völlig selbstverständlich an, daß der künftige preußische Kronprinz in Berlin getraut wird. Ebenso selbstverständlich betrachtete Queen Victoria London als den Ort des

Die Hochzeit von Vicky und Friedrich Wilhelm im St. James`s Palace 1858, Ölgemälde von John Philip

Ja-Wortes. Victoria im Originalton: „Was auch sonst das Übliche bei preußischen Prinzen gewesen sein mag, so kommt es nicht jeden Tag vor, daß einer die älteste Tochter der Königin von England heiratet. Daher muß diese Sache als abgemacht und erledigt angesehen werden." Punktum! Englands eigenwillige Königin hatte gesprochen. Preußens König fügte sich.

Wieder zurück zu jenem 25. Januar 1858, dem Tag der Hochzeit. Mischen wir uns unter die Tausenden, die an diesem strahlenden Londoner Wintertag die Straßen vom Buckingham-Palast zur St. James's Chapel säumen. Lassen wir uns wie alle mitreißen von dem Hochzeitszug mit seinen 18 Karossen, den Vorreitern in ihren blitzenden Monturen, den 300 Soldaten neben dem Zug in ihren leuchtenden Uniformen. Bestaunen wir die 220 auf Hochglanz gestriegelten Pferde. Beklatschen wir gemeinsam den Wagen mit den drei Schwestern der Braut, in Wolken von weißer Spitze gehüllt über rosarotem Satin. Bejubeln wir Vickys vier königliche Brüder, sämtlich in der traditionellen bunten Tracht der Highlands.

Lassen wir unsere Ohren verführen vom Wirbel der Trommeln und vom hellen Aufschrei der Fanfaren. Winken wir mit, wenn der letzte Wagen an uns vorüberrollt mit der Braut und der Königin. Vicky trägt ein Kleid aus weißem Seidenmoiré, verziert mit Orangenblüten und Myrtenzweigen. Darunter schaut ein mit Spitzenvolants besetzter Unterrock nur soweit hervor, wie es sittsam ist. Die Schleppe wird von weißen Satinbändern gehalten. Ein Kollier, Ohrringe und eine Brosche aus Diamanten geben dem Ganzen seinen letzten Glanz. Ihre Mutter hat die Kronjuwelen angelegt. Auf dem Haar blitzt ein mit Diamanten und Perlen besetztes Diadem. Sie ist in lila Seide gekleidet mit einer Schleppe aus Samt.

Kurz vor dem Aufbruch zur Trauungszeremonie hatte die 17jährige Vicky ihre Mutter in ein Nebenzimmer gebeten. Dort schenkt sie ihr eine Brosche mit einer Haarlocke darin. „Ich hoffe, ich bin würdig, Dein Kind zu sein!" Vicky sagt das in einem so feierlichen und ernsten Ton, daß der Queen die Tränen kommen.

Nehmen wir nun aber Platz in der St. James's Chapel, wir, die gewöhnlichen Sterblichen unter Europas hochadeliger Festgesellschaft. Werfen wir schnell einen Blick auf die künftige Schwiegermutter der Braut, auf Preußens Prinzessin Augusta. Sie hat sich ganz in Weiß gehüllt, wie die Braut. Doch hat ihr Kleid eine Schleppe aus preußischblauem Samt. Augusta wäre uns kaum aufgefallen, hätte sie nicht zu ihrer Begleitung eine Hofdame dabei, und zwar

Gräfin Luise Oriola. Sie ist von hellem Orange umhüllt, die aufregendste Farbe in der gesamten Gästeschar. Man munkelt, daß sie eine der Geliebten von Vickys Schwiegervater ist.

Vicky in festlicher Kleidung, um 1856

Wieder Fanfaren und Trommelwirbel. Lassen wir Victoria, Englands Königin, selbst aus ihrem Tagebuch erzählen: „Die Wirkung war sensationell und voller Effekt. Man hörte die Musik näher und näher kommen. Fritz zeigte größte Selbstbeherrschung. (...) Er verneigte sich vor uns und kniete dann andächtig nieder vor dem Altar." Prinz Friedrich Wilhelm trägt den dunkelblauen Uniformrock mit weißer Hose eines Generals des preußischen Garderegiments. Um den silberglänzenden Helm hat er seinen Arm gelegt. Doch folgen wir weiter der Königin: „Zuletzt kam der Zug der Braut. Unsere liebe kleine Blume sah sehr rührend und liebreizend aus. Das liebe Gesicht hatte einen so unschuldigen, vertrauensvollen und ernsten Ausdruck." Vicky wird begleitet von ihrem Vater, dem Prinzgemahl, und dessen Onkel Leopold, dem König der Belgier.

Weiter mit Victoria selbst: „Meine Angst, von meinen Gefühlen überwältigt zu werden, schwand ganz dahin, als ich sah, wie ruhig und gefaßt Vicky war. Wie schön war es doch anzusehen, wie sie da neben Fritz kniete, Hand in Hand, um sie ihre lange Schleppe, da die acht jungen Damen, die sie trugen (...) nicht weit von ihr knieten." Victoria fühlt sich plötzlich daran erinnert, wie sie selbst

„ganz ähnlich, stolz, zart und vertrauensvoll neben meinem geliebten Albert kniete, an genau derselben Stelle".

Anders als zu Victorias Hochzeit war der Auszug des Brautpaares aus der Kirche. Man spielte zum ersten Mal bei einer königlich-britischen Hochzeit Mendelssohns Hochzeitsmarsch. Das aber sollte Schule machen. Nicht nur in Adelskreisen.

Werfen wir rasch noch einen Blick in das Brautgemach im Schloß Windsor. Dort soll das Paar einige wenige „Flittertage“ vor der Abreise nach Berlin verbringen. Der Raum hat eine geblümte Tapete, abgestimmt mit einem braunen Teppich, der Blumenarrangements zeigt. Das Brautbett ist mit den Initialen von Vicky und Fritz verziert.

Bedauern wir auch kurz die zur Hochzeit nach London und Windsor angereisten jungen Damen aus Preußen, die künftigen Begleiterinnen der Prinzessin. Sie frieren sämtlich, weil englische Schlösser nur spärlich geheizt sind. Ihre Reifröcke, der letzte Modeschrei aus Berlin und Paris, hatten sie zu Hause lassen müssen. Sie waren für die Queen und ihren englischen Hof zu modisch. So tauschten sie die Reifröcke mit den farbigen wollenen Unterröcken, wie man sie an Wintertagen in London trägt, und finden sie dann doch kuschelig und schön.

Zeitgenössische preußische Lithographie zur Hochzeit: Über allem schweben die Großeltern Friedrich Wilhelms, König Friedrich Wilhelm III. und Königin Luise.

Noch schnell sollten wir eine der künftigen Ehrendamen der Prinzessin näher kennenlernen, Gräfin Walpurga von Hohenthal. Sie ist die Tochter eines verstorbenen deutschen Diplomaten. 18 Jahre jung, klug und außerordentlich hübsch. Prinz Wilhelm, Vickys Schwiegervater, der als Frauenkenner gilt, hatte sie ausgewählt.

Noch etwas gibt es zu bestaunen: Die Geschenke der Prinzessin und des Prinzen. Sie sind in einem großen Salon im Buckingham-Palast zu besichtigen. Auch die Hochzeitstorte ist erwähnenswert. Fangen wir bei der Torte an: Sie ist ein Meisterwerk zuckerbäckerlicher Kunst. Drei Etagen hoch, durch Perlenreihen abgegrenzt und mit Girlanden aus Orangenblüten, Jasmin und Silberblättern verziert. Die oberste Etage wölbt sich wie eine Kuppel. Sie ruht auf Säulen. Darauf ein Altar mit zwei Amorfiguren aus Zuckerguß. Sie tragen die Portraits von Fritz und Vicky. Um sie herum hatte man die Büsten der Queen und ihres Albert aufgestellt, und die von Prinz Wilhelm und Prinzessin Augusta. In der mittleren Etage feiern Allegorien süße Feste und ganz unten zeigt sich überzuckert die Politik mit den Wappen Großbritanniens und Preußens.

Stehen wir in dem Salon mit den Geschenken, wird uns zuerst das Halsgeschmeide aus Diamanten und Türkisen auffallen, das Fritz seiner Vicky schenkte. Die Schwiegereltern hatten ein Halsband dazugelegt aus 36 riesigen Perlen. Victoria und Albert schenkten ihrem Schwiegersohn drei große Silberkandelaber. Friedrich Wilhelm IV. und Königin Elisabeth hatten ein Brillanten-Diadem nach London geschickt und Onkel Leopold aus Brüssel Spitzen. Die Königin überreichte der Tochter ein Halsgeschmeide aus Diamanten, das man auch als Diadem tragen konnte. Vom Vater bekam sie ein Armband und einen Anhänger aus großen Smaragden und Diamanten. Jede ihrer Schwestern beteiligte sich mit einer Brosche am Geschenkfestival, nach gleichem Entwurf, aber jede mit anderen Edelsteinen.

Der prunkvolle Einzug Vickys und Friedrich Wilhelms in Berlin 1858

So, nun ist genug gefeiert, gestaunt und bewundert. Jetzt sind wir auf der königlichen Yacht „Victoria und Albert". Sie trägt uns gemeinsam mit Fritz und Vicky über den Kanal nach Antwerpen. Von dort geht es nach Brüssel, wo um Mitternacht ein großer Ball zu Ehren des Paares beginnt. Von da setzen wir die Reise fort per Eisenbahn nach Hannover und dann über Magdeburg nach Berlin.

Sie reisen mit leichtem Gepäck, der Prinz und die Prinzessin. Was die Braut mit in die Ehe bringt, ihre Aussteuer und Schiffsladungen voller persönlicher Dinge, sind schon nach Berlin vorausgeschickt. Erstaunlich, was so ein englisches Königskind alles zu benötigen scheint. Es gehören dazu zwölf Abendroben, sechs Ballkleider und 18 Kleider für die verschiedensten Gelegenheiten. Dazu muß man wissen, daß es viele Truhen gab, die vollgepackt waren mit Samt, Seide und Batist für rund vierzig weitere Kleider. Der Londoner Hof hatte für seine Princess Royal gleich zwölf Dutzend Unterhosen nähen lassen, ebenso zwölf Dutzend Nachthemden. Hinzu kommen acht Dutzend kostbar bestickte Unterröcke, 48 Morgenmäntel, aber auch

Trauerkleider – sie werden schon sehr bald benötigt. Kaum zu zählen sind die Schuhe, Strümpfe, Schals, Hüte und Hauben. Eineinhalb Jahre hatten Londons Schneider und Putzmacher an der ganzen Pracht gearbeitet.

Kurz vor der Einfahrt des Zuges mit dem Prinzenpaar in Potsdam wird auf freier Strecke angehalten. Zu dem Brautpaar steigt Preußens berühmter Feldmarschall von Wrangel, um es im Namen der preußischen Armee willkommen zu heißen. Der 73jährige Heerführer sorgt ganz ungewollt für Heiterkeit. Als der Zug plötzlich anruckt, setzt er sich in eine mit Zuckerschaum gedeckte Apfeltorte. Man hatte sie vorher Fritz und Vicky in Wittenberg in den Zug gereicht und dann auf einen der Sitze gelegt. Während die Prinzessin es nicht fertigbringt, ihr Lachen zu unterdrücken, bemühen sich ihre Ehrendamen um das Hinterteil des Feldmarschalls, damit er sich in Berlin vor seinem König und der Königin sehen lassen kann.

Berlin ist ein Schock für Vicky und das in vielfacher Hinsicht. Vor allem aber deshalb, weil sie schon vom ersten Tag an die andere Welt, in der sie nun leben soll, mit den Augen einer Engländerin sieht und das Gesehene sofort in Vergleich setzt zu ihrer Heimat. Das beginnt mit Berlin im Vergleich zu London. Sie empfindet die Stadt außerordentlich rückständig, von Soldaten bevölkert. Alle „Männer tragen lange Stiefel“, selbst wenn sie keine Uniform anhätten. Das setzt sich fort in der Abneigung gegen das alte Stadtschloß, in dem sie und Fritz nun zunächst wohnen werden, weil das Kronprinzenpalais

Unter den Linden, das schon Friedrich der Große als Kronprinz mit der Prinzessin Elisabeth Christine für kurze Zeit bewohnte, neu hergerichtet wird. Der Großvater des Prinzen, Friedrich Wilhelm III., hatte hier gemeinsam mit Königin Luise und seinen Kindern die wohl glücklichsten Jahre seines Lebens verbracht.

An diesen Großvater muß sich Vicky nun zwangsweise – vor allem aber in der Nacht – erinnern. Man hatte dem Kronprinzenpaar eine Zimmerflucht in der zweiten Etage des Schlosses eingerichtet. Hier hatte zuletzt Friedrich Wilhelm III. gelebt. Aus Ehrerbietung gegenüber dem verstorbenen König wurde sein Sterbezimmer von der Stunde seines Todes an völlig unangetastet gelassen. Durch diesen in seiner beklemmenden Leblosigkeit so beängstigenden Raum mußte Vicky, um ihren Salon, ihr Schlafzimmer und ihren Ankleideraum zu erreichen. Das Schlimmste: Vornehmlich in der Nacht passiert es immer wieder, daß die Tür zwischen Vickys Salon und dem Sterbezimmer des Königs plötzlich aufspringt.

Eduard Gaertner: „Die Wendeltreppe in dem Königlichen Schlosse zu Berlin". Dieses Gemälde von 1828 steht am Anfang der Karriere Gaertners als Berliner Architekturmaler.

Die muntere Hofdame Wally Hohenthal, bekannt für ihre kritische, manchmal auch über das Ziel hinausschießende Betrachtungsweise der Welt, liefert uns über die Verhältnisse im alten Schloß die folgende Beschreibung: Es habe „große stattliche Salons gegeben, aber elende Schlafzimmer (...) Ich glaube nicht, daß sich in früheren Tagen irgend jemand gewaschen hat, denn wenn man Glück hatte, fand man ein Becken von der Größe eines Entréetellers aus kostbarem Porzellan, Dresdner und Karl Theodor, und eine Wasserflasche aus unbezahlbarem Rubinglas."

Da Vicky darunter leidet, ohne Badezimmer leben zu müssen, läßt ihr Fritz, der dieses Leid zwar nicht nachvollziehen kann, da er sich nach Soldatenart in kaltem Wasser wäscht, ein Badezimmer mit heißem und kaltem Wasser einbauen.

Es gibt weitere Mißhelligkeiten. Eines Morgens – zwei Monate nach der Ankunft Vickys – kommt in ihrem Salon ein großes Stück der Decke herunter. Sie schreibt an ihre Mutter in London: „Was für ein Segen, daß ich nicht dort stand, wo ich eigentlich immer stehe. (...) Es hätte eine schlimme Verletzung verursacht oder mich getötet." Dann folgt der Klagesatz: „Hier wird alles so schrecklich vernachlässigt."

Die schwere Geburt

Vicky auf einer Photographie, um 1875

„Ihr Männer seid doch gar zu selbstsüchtig!
Was Dich mit Freude durchrieselt,
erfüllt mich mit Sorge und Angst.
Ihr habt nur die Vorteile (...),
während wir armen Frauen nichts
als Leiden zu ertragen haben."

(Queen Victoria an ihren Schwiegersohn, den preußischen Prinzen Friedrich Wilhelm, als ihr von der Schwangerschaft Vickys berichtet wird)

Die Nachricht vom Tod der 18jährigen künftigen Kronprinzessin Preußens und von der Totgeburt ihres Kindes ist schon formuliert. Sie schreit, sie stöhnt. Sie ist halb bewußtlos. Als das Zähneknirschen vor Schmerz immer stärker wird, steckt man ihr ein Schnupftuch in den Mund.

Das ist offensichtlich alles, was die beiden Ärzte im Entbindungszimmer, Dr. James Clark, der Arzt Königin Victorias, und Dr. Wegner, der Leibarzt des Prinzenpaares, für sie tun können. Vor mehr als acht Stunden haben kurz vor Mitternacht des 26. Januar 1859 die Wehen eingesetzt, war die Prinzessin, gestützt auf Fritz und auf die Gräfin Madeleine Blücher, eine Engländerin und Freundin der Mutter

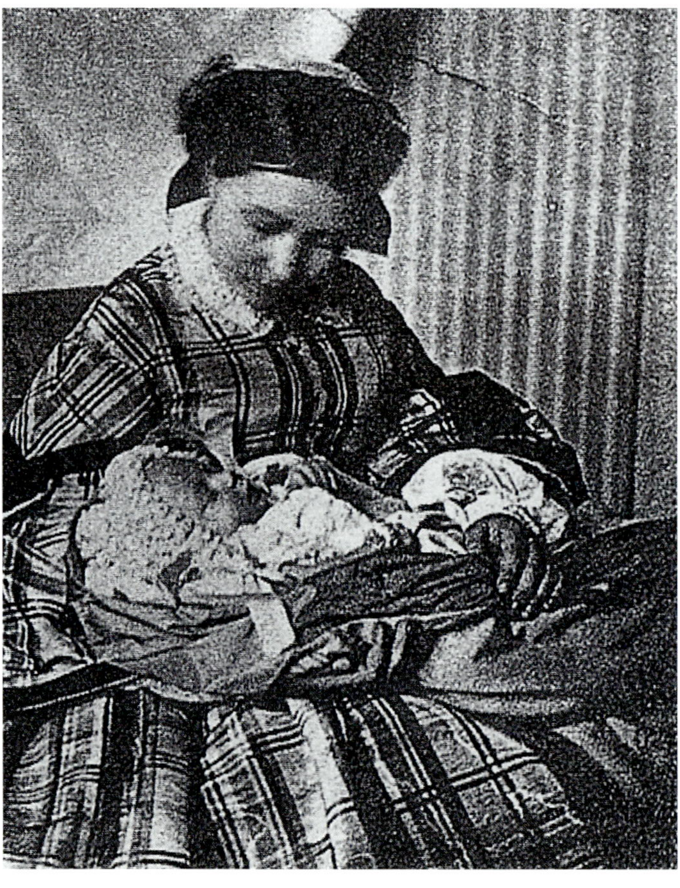

Vicky mit ihrem Sohn Wilhelm, Photographie von 1859

Vickys, im Zimmer hin- und hergelaufen. Dann, von Stunde zu Stunde, steigert sich die Dramatik. Die Wehen treiben die Geburt nicht voran. Die beiden Ärzte wagen es nicht, die junge Prinzessin gynäkologisch zu untersuchen. Sie würden sie wohl eher sterben lassen, als das Schamgefühl der Gebärenden zu verletzen. Auch die Hebamme, Mrs. Innocent, gleichfalls von der Queen aus London geschickt, weiß nicht, was sie tun soll am Bett der Leidenden, die immer wieder aufschreit. Der Prinz kann seine Tränen nicht zurückhalten. Alles hofft auf Eduard Martin, den Ordinarius für Frauenheilkunde und Geburtshilfe an der Berliner Universität. Vor acht Stunden schon, als die Wehen einsetzten, hatte Dr. Wegner nach dem berühmten Spezialisten geschickt, den Vickys Schwiegervater, Prinz Wilhelm, der für seinen geistig umnachteten Bruder, den preußischen König Friedrich Wilhelm IV., als Regent die Königspflichten wahrnimmt, für die Entbindung engagiert hatte.

Niemand im Kronprinzenpalais Unter den Linden, das Fritz und Vicky nun seit November 1858 bewohnen, ahnt, was mit der Nachricht an den vielbeschäftigten Arzt geschehen ist: Der Dienstbote, der sich mit dem dringenden Hilferuf an den Professor auf den Weg gemacht hatte, hielt buchstäblich für eine halbe Stunde mit seiner Nachricht an den Arzt das Schicksal Preußens in den Händen.

Nichtsahnend und gegen Weisung und Vernunft handelnd, übergibt der Bote die Nachricht nicht persönlich. Er wirft sie in einen Briefkasten. Mit der für die dem Tode nahe Prinzessin fast zum Verhängnis werdenden Folge: Die Nachricht trifft erst am Morgen um acht Uhr in der Wohnung Martins ein. Zu diesem Zeitpunkt aber ist er schon unterwegs zur Visite. Erst zwei Stunden später, Martin will gerade zu einer Vorlesung fahren, hält er endlich die Zeilen Wegners in den Händen. Eine halbe Stunde später ist er im Palais.

Dort tut er das, was eigentlich seit Stunden hätte getan werden müssen: die gynäkologische Untersuchung der Prinzessin. Um danach festzustellen, daß sich das Kind in einer Steißlage befindet. Es muß mit der Hand gedreht und herausgeholt werden.

In Dr. Wegners Geburtsbericht an Queen Victoria heißt es dazu später: „Eine vorher nicht genau zu bestimmende Schwierigkeit in der Lage des Kindes (...) verzögerte den

Verlauf der Entbindung und setzte besonders das Leben des Kindes in Gefahr". Martin ordnete an, Vicky „mäßige Chloroform-Inhalationen" zu verabreichen. Sie tun ihre Wirkung. Die Prinzessin wird ruhiger, klagt jedoch weiter über Schmerzen. Immer wieder – und alle im Zimmer sind tief berührt – ruft sie flehentlich um „Erbarmen und Vergebung". Man gibt ihr Mutterkorn, um die Intensität der Wehen zu erhöhen. Martin läßt auch die Chloroform-Dosis steigern. Die Patientin ist völlig entkräftet. Nach einem weiteren Chloroform-Stoß holt Berlins berühmte-

Eduard Gaertner: Blick auf das Kronprinzenpalais und das königliche Schloß in Berlin von der Neuen Wache aus, 1853, Öl auf Leinwand.

ster Geburtshelfer unter Tränen das Kind heraus. Es ist ein Junge. Er wird einmal Deutschlands letzter Kaiser sein.

Doch zunächst scheint es, als wolle dieses Kind von der Welt nichts wissen. Es ist, wie es in dem Bericht Martins heißt, „in hohem Grade scheintot". Erst nach einigen Belebungsversuchen beginnt es zu atmen. Dazu steht dieser Satz im Bericht: „Nach reiflicher Überlegung aller Verhältnisse und mit Berücksichtigung meiner reichen Erfahrung, bin ich (...) der Überzeugung, daß der Prinz, wenn anders verfahren worden wäre, sein Leben einge-

büßt haben würde." Und das der Mutter dazu, kann man ergänzen und feststellen, daß es wohl allein der ärztlichen Kunst Martins und seinem Mut, so zu handeln, wie es ihm Wissen und Gewissen befahl, zu verdanken ist, daß Mutter und Sohn diesen 27. Januar 1859 überlebt haben.

Wer will, mag der Versuchung erliegen, darüber Gedanken anzustellen, wie Preußens Geschichte und die Geschichte Deutschlands verlaufen wären, hätten die ärztliche Kunst Martins und sein Wagemut nicht ausgereicht, das Leben der Prinzessin und ihres Kindes zu retten.

Lesen wir, was Augusta, Vickys Schwiegermutter, der Queen in London über die ersten Minuten des späteren Wilhelm II. berichtet, nachdem der kleine Prinz entbunden war: „Da es [das Kind] (...) bewegungslos und lautlos hereingebracht wurde, glaubten wir alle, es sei gestorben". Dann habe sie gehört, „wie man das Kind rieb, und allerlei damit vornahm, und dann ein Schrei und gleich darauf noch eine Stimme, die sagte: ‚Es lebt, und ist ein Knabe'."

Durch hundert und einen Kanonenschuß erfahren die Berliner, daß Preußen sich um einen Thronerben nun keine Sorgen mehr machen muß. Wilhelm, der Großvater, Augusta und Fritz gehen auf den Balkon, um sich den jubelnden Menschen vor dem Palais zu zeigen.

Queen Victoria auf einer Aufnahme vor 1861

Doch es ist, als wolle sich das Unheil nach der geglückten Geburt noch nicht geschlagen geben. Niemand scheint im Freudentaumel nach der Geburt des Thronerben bemerkt zu haben, daß das Kind den linken Arm nicht bewegt. Schlaff, wie ein Stück Schlauch, hängt er herunter. Erst nach drei Tagen fällt es der Hebamme auf, wird Professor Martin verständigt. Der weiß, daß es bei Steißgeburten fast in jedem zweiten Fall zu Verletzungen am Bewegungsapparat des Neugeborenen kommt. Aus Martins Bericht: Die Schädigung sei die Folge „des Drucks auf den Halsnervenplexus", der für die Bewegung des Arms verantwortlich sei. Der Druck sei durch die Steißlage des Kindes entstanden, durch das abgehende Fruchtwasser und durch die krampfhafte Wehenstörung. Der Arzt bestreitet, daß die Verletzung während des Geburtsvorganges geschah.

Ganz anders stellt es sich bei Robert K. Massie in seinem vielbeachteten Buch „Die Schalen des Zorns“ dar: Dort liest man, daß der Arm des Kindes „während der Geburt beinahe aus dem Gelenk gerissen“ worden sei.

Vicky erfährt zunächst nichts von der Schädigung ihres kleinen Prinzen. Besteht doch noch immer höchste Lebensgefahr für die Prinzessin. Als sie und Fritz schließlich unterrichtet werden, finden sie sich mit der Meinung der Ärzte ab, daß Bewegungsübungen dem Kind helfen werden. Der Thronerbe werde schon bald den Arm gut gebrauchen können. Deshalb unterläßt man es auch, Königin Victoria und Prinz Albert in London zu informieren. Die Wirklichkeit sieht leider anders aus. Wir kommen darauf zurück.

Selten waren sie so vereint: Vickys Schwiegereltern Prinz Wilhelm und Prinzessin Augusta um 1858 auf der Terrasse von Schloß Babelsberg.

Jetzt wollen wir erst einmal das Jahr 1858 beleuchten. Es ist das erste Ehejahr von Fritz und Vicky. Nur in einer Beziehung für Vicky ein glückliches Jahr: In der offenbar wirklich großen Liebe, welche die beiden Fürstenkinder aneinander bindet. Vergleiche kommen uns in den Sinn: die nahezu in ihrem Glück unerschöpflich scheinende Ehe der Eltern der Prinzessin.

Das Glück der beiden bleibt auch den Berlinern nicht verborgen. Man sieht das Prinzenpaar – ein ganz und gar ungewöhnliches Ereignis in Berlin – miteinander durch den Tiergarten spazieren. Hatte man doch bisher die Angehörigen der königlich-preußischen Familie nur in der Kutsche oder hoch zu Roß erleben können.

Vergleichen wir die Ehe der Queen mit der ihrer Tochter Vicky, so gibt es allerdings einen Unterschied: Während sich Queen Victoria geistig ihrem Albert unterordnet, ihn für weitaus klüger hält, ist es bei Vicky und Fritz umgekehrt. Es ist Vicky, die in dieser Ehe die geistige Führung hat, der weichherzige, hochsensible Prinz sich ihr nahezu ausliefert. Man ist versucht, an die Ehe der Großeltern, an Friedrich Wilhelm III. und Königin Luise, zu denken. Wo ebenfalls die geistige Überlegenheit der Großmutter auf der einen Seite und die nahezu kompromißlose Ergebenheit Friedrich Wilhelms seiner Ehefrau gegenüber Ehe und Liebe im Gleichgewicht hielten.

So ist es denn ein Schock für Vicky, als sie das Kontrastprogramm zur Ehe ihrer Eltern aufgeführt bekommt: das Nebeneinanderherleben ihrer Schwiegereltern. Schwiegermutter Augusta, Tochter des Großherzogs von Sachsen-Weimar, einem Musterstaat an Liberalität, ist nicht nur am preußischen Hof äußerst unbeliebt. Die hochgewachsene Prinzessin, die Preußens Prinz Wilhelm im Alter von 17 Jahren geheiratet hatte, bemühte sich ohne großen Erfolg um die Liebe des künftigen preußischen Königs. Als dies scheitert, stellt sie nach der Geburt ihres zweiten Kindes, der Prinzessin Luise, das Eheleben ein. Auch räumlich.

Im Palais Unter den Linden neben dem Kronprinzenpalais bewohnen sie getrennte Etagen. Meist aber legt Augusta größere räumliche Distanz zwischen sich und ihren Ehemann. Sie kommt eigentlich nur noch zur Ballsaison nach Berlin. Das übrige Jahr verbringt sie in Baden-Baden oder in Weimar. Oft wohnt sie auch im Koblenzer Schloß. Das verhilft ihr – erfunden von Vickys Großonkel Leopold – zu dem Ruf des „Drachens vom Rhein“.

Und Wilhelm, Vickys Schwiegervater? Der leidet nicht gerade an Vereinsamung, wenn seine frankophile und die Russen hassende Ehefrau nicht an seiner Seite ist. Er gilt, schon bevor er Preußens König wird, als König jeder Ballsaison, durch die er sich tanzend und Händchen küssend bewegt. Sehr uncharmant kennt man den gelernten Soldaten dagegen auf den Exerzierplätzen.

Passend dazu mag ein Zitat seines Bruders, Friedrich Wilhelms IV., sein. Er sinnierte einmal in aller Öffentlichkeit darüber, was wohl aus ihm und seinen Brüdern Wilhelm, Karl und Albrecht geworden wäre, hätte das Schicksal sie in einer kleinen Beamtenfamilie aufwachsen lassen. Er selbst – so Friedrich Wilhelm – würde wohl Architekt geworden sein, Karl wäre ins Gefängnis gekommen, Albrecht wäre verbummelt und Wilhelm Feldwebel geworden.

Wilhelm und Augusta hatten aus Gründen der Staatsräson geheiratet. Wilhelm hat Zeit seines Lebens darunter gelitten, daß er nicht die heiraten durfte, die er gern geheiratet hätte: Elisa Radziwill. Man beschreibt sie als ein zauberhaftes Geschöpf „mit großen Augen und Lippen wie Rosenknospen“. Sie kam aus der polnischen Radziwill-Familie. Obschon ihre Mutter die Schwester des Preußenprinzen Louis Ferdinand war, galten die Radziwills als nicht standesgemäß für den Hohenzollernprinzen. Der kämpfte neun Jahre lang um sein Lebensglück mit der polnisch-preußischen Schönheit. Vergebens. Als Wilhelm im Alter von 80 Jahren auf sein Leben zurückblickt, sagt er über Elisa: „Ich denke immer an sie. Sie war und ist bis heute der Leitstern meines Lebens.“

Augusta kämpft gegen diesen Leitstern vergebens. Die Beziehung bleibt kühl mit wachsender Distanz.

Aber von den Schwiegereltern der Prinzessin zurück zu Vicky und Fritz.

Schloß Babelsberg, 1834–1849 im Auftrag des anglophilen Prinzenpaares Wilhelm und Augusta gebaut.

Außer dem ehelichen Glück prägt Verdruß das Leben der jungen Frau aus England. Zunächst einmal durch die Mutter in London selbst. Sie zwingt die Tochter, ihr beinahe täglich zu schreiben. Sie will alles wissen über das Leben in Berlin. Jeder Tagesablauf soll so detailliert wie nur möglich geschildert werden. Welche Kleider sie wann und zu welchen Anlässen trägt. Wie es um ihre Gesundheit bestellt ist. Ob sie sich genügend bewegt. Was die Schwiegereltern, Wilhelm und Augusta, tun. Wie es um deren Ehe bestellt ist. Welche Oper sie gesehen hat, welches Theaterstück. Wie sie ihre Räume einrichtet unter Aufzählung sämtlicher Möbelstücke.

Damit alles seine Ordnung hat, muß Vicky die Briefe numerieren. Und Victoria gibt sich mit Vickys Briefen allein nicht zufrieden. Auch Vickys Hofdamen müssen der Kö-

nigin einmal wöchentlich nach London berichten. Der Wissensdurst der Queen scheint unbegrenzt. Oft reichen ihr die Worte in den Briefen nicht. Vicky, die gut zeichnen kann, muß ihr immer wieder die Räume skizzieren, die Kleider, die Gegenstände, die sie umgeben. Hinzu kommt, daß ihr Vater von ihr Berichte politischen Inhalts erwartet.

Raum in Schloß Babelsberg: Nicht immer befand sich das Schloß in einem so guten Zustand.

Alles eskaliert eines Tages, als sie der Queen von einer Taufe am preußischen Hof berichtet und erzählt, daß es in Preußens Königsfamilie üblich sei, die junge Mutter den Tauf-Gottesdienst liegend auf einem Sofa verfolgen zu lassen. Sofort muß Vicky der Mutter versprechen „niemals etwas so Unschickliches und Ungehöriges zu tun." Es würde die Menschen in England schockieren, so die Königin. Und sie setzt den Satz dazu: „Als meine Tochter und eine englische Prinzessin erwarte ich von Dir, daß Du das nicht tun wirst."

Nun – zum ersten Mal – muckt Vicky auf. Sie schreibt zurück: „Ich glaube, es ist sehr unwahrscheinlich, daß ich vergesse, (...) was ich meinem Land schuldig bin." Aber ihre wichtigsten Pflichten seien „jetzt hier." Wenn sie diese Pflichten „bestmöglich erfülle", so tue sie doch wohl nur das, „was mein eigenes Land wünscht und von mir erwartet." Sie wagt es, der Mutter zu schreiben, daß sie ihr nichts versprechen könne, was die Taufzeremonie anbelange. Sie meint, sie würde sich „zu Recht unbeliebt machen, wenn ich die Verachtung für eine Sitte zeigte, die schließlich ganz harmlos ist."

Jetzt zeigt sich, wie wichtig es für die junge Frau in Berlin gewesen wäre, was Bismarck schon aus Anlaß der Verlobung geraten hatte: daß sie als preußische Prinzessin und spätere Königin „die Engländerin zu Hause lassen" müsse. Gerade aber das Gegenteil erwarten Victoria und Albert von ihr.

Vicky weigert sich auch selbst, die andere Welt, in der sie nun lebt, ohne die englische Brille zu betrachten. So regt sie sich darüber auf, daß Preußens Männer „ständig Stiefel tragen", die Frau am preußischen Hof „als williges Werkzeug" gewünscht sei. „Eine Art Kammerfrau, die sich gut anzieht, hübsch aussieht, mit jedem ein banales Wort zu sprechen weiß, in ihrem eigenen Haus eine Puppe ist", sich „gehorsam und sanft" in alles füge, nichts sehe und nichts höre und „somit auch nicht die preußische Erziehung ihrer Kinder" verderbe. Dann steigert sich das Kind aus Londons Buckingham-Palast zu der Bemerkung: „Nach preußischen Ideen soll eine Frau nichts anderes sein, als eine Türkin im Harem."

Nein – eigentlich muß die Mutter in London keineswegs befürchten, daß die Tochter in Berlin vergißt, englisch zu empfinden und englisch zu denken. Das wird sich allerdings eines Tages schicksalhaft rächen.

Noch aber ist alles eingebettet in die Liebe zu einem Mann und eine Ehe, von der sie der Mutter schreibt: „Ich werde von Tag zu Tag glücklicher." Es sind die glücklichen Tage des Jahres 1858. Ihr einziges Ärgernis ist Preußens strenges Hofprotokoll. Lesen wir erst, was Vicky darüber ihrer Mutter schreibt und dann den Bericht der Gräfin Wally Hohenthal, der Hofdame der Prinzessin.

Vicky: „Das Dinner ist immer um fünf und Du weißt, daß man dazu Abendkleidung trägt – folglich muß man sich um vier Uhr dreißig ankleiden, nach dem Dinner geht man ins Theater. Ich gehe nicht immer, da ich meist (...) müde bin." Nach dem Theater müssen sich Fritz und Vicky bei den Schwiegereltern einfinden. „Würde ich mir den Morgen nicht für mich sichern", schreibt Vicky, „ich würde die ganze Zeit damit verbringen, rein gar nichts zu tun." Niemand, der nicht am preußischen Hof gewesen sei, „kann diese geschäftige Untätigkeit verstehen, (...) die hier vor sich geht." Preußisches Leben, englisch betrachtet.

Und nun Wally, die Hofdame. Sie beklagt gleichfalls das frühe Dinner „bei Tageslicht und in voller Abendrobe". Die Nachmittage, so will sie es beobachtet haben, seien „von den Opfern dieser barbarischen Sitten in einen Dämmer-

Otto von Bismarck, gemalt von Adolph von Menzel

zustand verbracht" worden. „Erst mit fortschreitender Stunde" seien alle wieder langsam aufgewacht „für die Unterhaltungen, die die Abende füllten."

Bleiben wir noch ein paar Zeilen lang beim Hofzeremoniell. Die ungewöhnlichsten Dinner sind die an den Sonntagen. Sie werden in der Zeit zwischen zwei und fünf Uhr nachmittags zelebriert. Die gesamte Königsfamilie Preußens versammelt sich dazu in Gala-Uniformen und großer Toilette, geschmückt mit Juwelen und Orden. Vicky ist erst wenige Wochen in Berlin, als ihr Königin Elisabeth, die Frau Friedrich Wilhelms IV., öffentlich eine Rüge erteilt, weil sie, während sie hinter dem Stuhl des Königs stand, hatte niesen müssen. Mit einem einzigen Satz der Erwiderung zieht sie sich bei dieser Gelegenheit für immer die Feindschaft Elisabeths zu. Das noch preußisch ungeübte Königskind aus London erlaubt sich die Bemerkung, ein so natürlicher kleiner Fauxpas werde bei ihr „daheim in England" nicht als Sünde betrachtet. Solche Worte „einer Engländerin" sind Wasser auf die Mühlen der „prorussischen Fraktion" am Berliner Hof, zu der auch der kränkelnde Friedrich Wilhelm IV. gehört.

Die nahezu ungetrübten Tage des noch jungen ehelichen Glücks beginnen für das Prinzenpaar, als der Hof im

Mai, wie alljährlich, nach Potsdam in die Sommerresidenzen umzieht.

Die beschwerliche Zeit im karg ausgestatteten Berliner Stadtschloß ist vorüber. Man ist auf den grünen Hügel in das Schloß Babelsberg umgezogen. Es sieht allerdings von außen verträumter und romantischer aus, als es sich innen präsentiert. Das Schloß gleicht einem Möbellager. Über Spiegel und Wandschirme ranken sich Kletterpflanzen. Es fehlen Teppiche, so daß es bei jedem Schritt knarrt. Vicky kommentiert den Zustand des neuen Domizils mit der Bemerkung: „Hier fehlt die Hand einer Frau". An ihren Vater schreibt sie, die mangelhaften Zustände im Schloß würden wohl daher rühren, daß in preußischen Schlössern die Ordnung im Haus den sogenannten Hofmarschällen überlassen werde statt weiblichen Haushälterinnen. „Die Männer haben keine Ahnung von den kleinen Annehmlichkeiten und können nicht dafür sorgen, daß die Zimmer sauber sind und bequem."

Über die Mängel hinweg tröstet das Paar die Tatsache, daß das Armeehauptquartier, in dem Fritz arbeitet, ganz in der Nähe des Schlosses liegt. Fritz wird Vicky, von der Bismarck einmal sagt, sie sei „von wilder Sinnlichkeit", immer unentbehrlicher. Ins Manöver, das Fritz für einige Tage von Vicky trennt, schreibt sie ihm: „Wie wird es mir heute Abend zumute sein, wenn ich ohne meinen Engel zu Bett gehen muß. Ich sehe wohl, daß ich nicht ohne Dich existieren kann. Du bist mein Beschützer, mein teuerster, bester Freund, mein Herr, mein Schutzengel, mein besseres Ich."

Es sind auch die Tage, an denen sie voll Überschwang schwört: „Wenn ich nicht sechs bis sieben Kinder habe, bevor ich 31 bin, werde ich mich schämen." Sie wird sich nicht schämen müssen. Jetzt aber – im Sommer 1858 – ist sie gerade siebzehn.

Vicky hat einen kleinen Unfall, als sie im Schloß auf einer engen Treppe dem Lampenanzünder ausweichen will. Sie stürzt und verletzt sich den Knöchel. Dr. Wegner hat ihr zum Abschwellen des Gelenks Blutegel angesetzt. „Entsetzlich schleimige kalte Dinger, die herumrutschen", schreibt sie der Mutter. Sie will schnell gesund werden, um ihren Vater, der eine Reise nach Coburg plant, dort zu sehen. Daraus wird nichts. Der Leibarzt – der wegen der Fußverletzung täglich bei ihr ist – vermutet eine Schwangerschaft und verbietet deshalb die Reise. Dafür kommt Albert für zwei Tage nach Potsdam.

Die Vermutung Wegners hatte sich als richtig erwiesen. Vicky erwartet ihr erstes Kind, begleitet von den Ratschlägen der Mutter aus London. Sie solle sich nur ja nicht „hingebungsvoll ins Stillen stürzen", mahnt sie schon vorsorglich. „Keine Dame und noch viel weniger eine Prinzessin" tue damit „ihrem Ehegatten oder ihrer Stellung einen Gefallen".

Doch nicht nur gutgemeinter Rat kommt aus England. Victoria schickt Korsetts für die Figur, Tinkturen gegen Zahnschmerz, Kampfer gegen Schlaflosigkeit, aber auch schon Schnitte für Kinderkleider und eine Babydecke, die die Queen selbst gemacht hat.

Schließlich hält sie es in London nicht mehr aus, als sie hört, daß Vicky unter allen nur möglichen Beschwerden einer Schwangerschaft leidet. Von den geschwollen Beinen über morgendliche Übelkeit und Erbrechen bis zu Schwindelanfällen und Kopfschmerzen. Sie reist selbst nach Potsdam, begleitet von Prinz Albert, von Sir James Clark, dem Leibarzt, und von ihrem Außenminister, Lord Malmesbury. Sie ist schon eine ihre Kinder umsorgende Mutter besten Grades, diese ungewöhnliche Königin.

Das geht soweit, daß sie Fritz bittere Vorwürfe macht, nicht ein paar Jahre gewartet zu haben mit dem ersten Kind. An Vicky schreibt sie noch aus London: „Ich hoffe, Fritz ist gebührend erschüttert, wie sehr Du leidest, denn diese sehr selbstsüchtigen Männer würden keine Minute lang aushalten, was wir armen Sklavinnen ertragen müssen."

Die Geburt ihres ersten Kindes – die Nähe des Todes in der Entbindungsnacht zum 27. Januar 1859 – hat Vicky verändert. Mehr aber noch das, was die Folge dieser Geburt ist: die dauerhafte Schädigung des linken Arms des Kindes. Sie will sie nicht wahrhaben.

Die Kronprinzessin

Vicky um 1861 mit ihren ersten beiden Kindern, Wilhelm und Charlotte.

„Warum hat mich die Erde
nicht verschlungen?
Er war zu groß, zu vollkommen für
diese Welt, dieser angebetete Vater,
den ich stets mit mehr als nur
der Liebe einer Tochter verehrt habe."

(Vicky zum Tod ihres Vaters,
Prinz Albert)

Es ist spät am Abend dieses 14. Dezember des Jahres 1861. Albert, der Prinzgemahl der englischen Königin Victoria, liegt ganz ruhig auf seinem Sterbebett im Schloß Windsor. Er ist ohne Bewußtsein. Um ihn herum – mit Ausnahme von Vicky, Alberts ältester Tochter – die übrigen acht Kinder des Sterbenden und die Königin. Am Fuß des Bettes steht Prinz Edward, der Prince of Wales. Neben dem Bett, in Kopfhöhe Alberts, Königin Victoria und die vierjährige Prinzessin Beatrice, das jüngste Kind des britischen Herrscherpaares. Daneben Prinzessin Alice, die um drei Jahre jüngere Schwester Vickys. Sie vor allem hatte früher als alle anderen erkannt, daß Albert an Typhus erkrankt war, und übernahm die Pflege des Vaters.

Von Zeit zu Zeit war Prinz Albert noch einmal aus den Fieberphantasien erwacht. Offenbar bei Bewußtsein, hatte er die um ihn versammelte Familie betrachtet. Nach einem kurzen, gequälten Lächeln sank er zurück in jenes Zwischenreich von noch und nicht mehr Sein.

Die Zeiger der Uhr sind bis kurz vor die 23. Stunde gerückt, als der 1819 in Coburg zur Welt gekommene Prinz die Welt für immer verläßt.

Er ist zu jung gestorben. Nicht ausgelebt ist sie, die Liebe der Königin zu diesem ungewöhnlichen Mann, dem sie sich mit nahezu beispielloser Hingabe auslieferte und der die an Besessenheit grenzende Bindung der Königin niemals mißbrauchte. Was sich da ereignete in dieser Nacht des 14. Dezember ist für Englands Königin so unvorstellbar, so sehr aus ihr herausgerissen, daß sie, die sich schon seit Kindheitstagen mit Gegebenheiten nicht abfinden mochte, den Tod ihres Mannes, den Phantomschmerz einer getrennten großen Liebe, nicht wahrhaben will. Von Stund an lebt sie nun gegen die Wahrheit.

Vicky schreibt darüber, als sie die Mutter zum ersten Mal nach Alberts Tod wiedersieht: „Sie schläft stets mit Papas Mantel über und seinem lieben roten Schlafrock neben sich und ein paar Kleidungsstücken von ihm im Bett!“ Sie sei „so verliebt in Papa, als ob sie ihn gestern geheiratet hätte“.

Man mag kaum glauben, was der englische Historiker Robert K. Massie dazu berichtet: Völlig zurückgezogen

Albert, Prinzgemahl von Queen Victoria, aufgenommen in seinem Todesjahr 1861.

habe sie für viele Jahre in Schloß Windsor, in Balmoral im schottischen Hochland oder im Osborne House auf der Insel Wight gelebt. Die Minister mußten zu ihr reisen, wenn sie mit ihr sprechen wollten. Massie: „Sie weigerte sich, die Abwesenheit des Prinzgemahls zu akzeptieren." 40 Jahre lang! Bis zum Tod Victorias blieben Alberts Räume so, wie sie zu seinen Lebzeiten waren. „Als lebte er noch und könnte jeden Augenblick hereinkommen. Jeden Abend wurden seine Kleider herausgelegt, wurde warmes Wasser und ein frisches Handtuch gebracht. Seine Mäntel, Röcke und Hosen, die in seinen Schränken hingen, wurden regelmäßig gebürstet und gebügelt." In ihren Schlafzimmern habe die Königin sein Portrait über das leere Kissen gehängt. „Beim Einschlafen hielt sie sein Nachthemd an sich gedrückt, und auf ihrem Nachttisch lag ein Abguß seiner Hand, so daß sie jederzeit ihre Hand danach ausstrecken und sie halten konnte."

Auch Alberts politisches Erbe will die Königin „mit grimmiger Entschlossenheit" gewahrt wissen. Wie ihr politisches Testament klingt die Erklärung Victorias: „Ich lege großen Wert darauf, zu wiederholen, (...) daß es mein fester, unwiderruflicher Entschluß ist, seine Wünsche – seine Pläne – in allem, seine Ansichten über alles zu meinem Gesetz zu machen. Und keine Macht der Welt wird mich von dem abbringen, was er entschied und wünschte!"

Queen Victoria ließ sich nach dem Tod von Albert in Trauerkleidung photographieren.

Niemand soll je ihr künftiger Berater werden. Was sie in folgende Worte faßt: „Ich bin auch entschlossen, daß keine einzige Person – mag sie noch so gut, so ergeben sein – mich anzuleiten oder zu lenken oder mir zu diktieren hat. Ich weiß, wie er es mißbilligen würde."

Verlassen wir Schloß Windsor. Verlassen wir England und eine Königin, über die einmal viele Bücher geschrieben werden sollten. Kehren wir zurück in das Jahr 1859. Zurück nach Berlin in die frühen Stunden des 27. Januar, als Vicky einen Sohn zur Welt gebracht und damit ihre vornehmste Pflicht erfüllt hatte. Sie hat in Preußen und im Haus Hohenzollern die Thronfolge gesichert.

Trotz der beruhigenden Worte von Dr. Wegner, ihrem Leibarzt, über den Zustand des Armes des kleinen Prinzen, ließ sie das Problem nicht schlafen. Es kommen Selbstvorwürfe wie die, bei der Geburt vielleicht nicht genügend gepreßt oder den Schmerz nicht tapfer genug ertragen zu haben. Das Schlimmste aber: Sie mochte sich nicht eingestehen – ihr Stolz hinderte sie daran –, daß sie ein behindertes und damit aus ihrer Sicht nicht vollkommenes Kind zur Welt gebracht hatte. In der wohl von der Mutter ererbten Neigung, Wirklichkeiten zu ignorieren, wenn sie nicht in die eigene Vorstellungswelt passen.

Sechs Wochen nach der Geburt wird der Prinz getauft. Er erhält die Namen Friedrich Wilhelm, Victor und Albert. Die Eltern beschließen, ihn Wilhelm oder Willy zu rufen. Erst als Willy sechs Monate alt ist, findet sich Vicky mit der Wirklichkeit ab. Nun schildert sie geradezu schonungslos in einem Brief an ihren Vater das Leiden ihres Sohnes: Der Prinz könne zwar alle Finger bewegen, eine Faust machen und die Finger ganz schwach strecken. Die Hand sei aber nur halb so groß wie die andere. „Was mich erschreckt", fährt sie fort, „er hat eine Falte bis zur Schulter."

Vicky klagt, sie würde so gern einen Chirurgen zu Rate ziehen. Sie habe aber Bedenken, daß Dr. Wegner dann beleidigt sein könnte. Außerdem sei der führende Chirurg Dr. Langenbeck ein „geschwätziger, unangenehmer Wichtigtuer". Er könne die Behinderung des Prinzen herumerzählen. Dann fährt sie in der Schilderung des Zustandes ihres Kindes fort: „Wilhelm kann den Arm nicht selbst beugen oder ihn höher als drei oder vier Zentimeter heben." Doch hänge der Arm nicht mehr hinter dem Rücken herunter, und er sei auch nicht mehr so „dünn und schlaff".

Die Hoffnung auf Besserung aber ist trügerisch. Erst nach 16 Monaten macht der Prinz seine ersten Schritte. Sein Vater berichtet ganz stolz nach London: „Er läuft ganz vollständig und selbständig mit einer sehr niedlichen Sicherheit."

Doch dann folgt der Rückschlag: Als Wilhelm vier Jahre alt ist, neigt sich der Kopf plötzlich zur rechten Seite. Das Kind kann ihn kaum drehen. Das Einzige, was den Ärzten dazu einfällt, ist ein eisernes Gestell. Es zwingt Willy, seinen Kopf gerade zu halten. Man hofft, auf diese Weise die Muskeln auf der rechten Körperseite zu stärken. Vicky klagt ihrer Mutter: „Ich kann Dir nicht sagen, was ich durchlitten habe, als ich ihn in jener Maschine sah. Ich hatte die größte Mühe, meine Tränen zurückzuhalten."

Wilhelm, erstgeborener Sohn von Vicky und Friedrich Wilhelm von Preußen

Die „Maschine“, berichtet sie, bestehe aus einem Gürtel, der um die Taille geschnallt werde. Daran sei „hinten eine Eisenstange festgemacht“. Diese Stange führe über den Rücken „zu einem Ding, das genauso aussieht wie der Zügel bei einem Pferd. Darin wird der Kopf festgemacht und mit einer Schraube, die die Eisenstange bewegt (...), wird der Kopf nach links gedreht“. Die Ärzte hoffen, daß sich die Muskeln auf der rechten Seite dadurch strecken lassen und so die Neigung des Kopfes nach rechts aufhört.

Wilhelm, der spätere letzte deutsche Kaiser Wilhelm II., schildert in seinen Memoiren, wie unerbittlich die Mutter ihn gezwungen hat, mit dem geschädigten Arm so zu leben, als gäbe es diese Behinderung nicht. Das Schwierigste sei für ihn gewesen, reiten zu lernen. Doch die Mutter läßt den weinenden Prinzen immer wieder auf das Pferd ohne Bügel heben. Sie erzwingt die verschiedenen Gangarten des Pferdes, stellt sich völlig taub gegen alles Bitten und Weinen. Erbarmungslos schaut sie zu, wie der Junge immer wieder vom Pferd herunterstürzt. Dann hebt man ihn auf, und er muß wieder aufs Pferd. Das geht so lange, bis Willy nach der wochenlangen Qual trotz seiner Behinderung das nötige Gleichgewicht halten kann.

Wilhelm war, rückblickend auf seine Kindheit, der Meinung, daß der Erfolg die Erziehungsmethode der Mutter gerechtfertigt habe. „Aber“, so heißt es, „bitter hart war der Unterricht und mein Bruder Heinrich hat oft aufgeheult vor Schmerz, wenn er das Martyrium meiner Jugend ansehen mußte.“

1862
heiratet Vickys Schwester, Prinzessin Alice, im Osborne House Ludwig, den späteren Großherzog von Hessen-Darmstadt. Das Bild der königlichen Familie im Hintergrund malte Franz Xaver Winterhalter 1846.

Noch lange vor der Geburt Wilhelms, nämlich schon kurz nach ihrer Hochzeit und der Ankunft in Berlin, erhält die Princess Royal und preußische Prinzessin den Auftrag der Eltern, sich an Deutschlands Fürstenhöfen nach einem Ehemann für ihre Schwester Alice und nach einer Frau für ihren Bruder Bertie, den späteren Edward VII., umzusehen. Vicky reist also durch Deutschland. Zu den ersten Fürstenhöfen ihrer Brautschau gehört der des Großherzogs Ludwig von Hessen-Darmstadt. Dessen Bruder und Erbe, so wußte man, hat drei Söhne und eine Tochter. Sie heißt Anna, und es geht ihr der Ruf voraus, besonders reizend und attraktiv zu sein. In Vickys Bericht an die Mutter in London liest sich das anders: „Ich finde sie gar nicht hübsch – sie hat keine gute Figur (...) und ihre Zähne sind fast alle schlecht." Außerdem zucke sie ständig. Eine Eigenschaft, die auch ihr Vater und ihr zweiter Bruder Heinrich habe.

Der, der nicht ständig zuckt unter des künftigen Großherzogs Kindern, ist Annas ältester Bruder Ludwig. Er schlage wohl, so Vicky, aus der Familie und habe keinen „Tick". Was ihm zur Ascot-Woche eine Einladung nach Schloß Windsor einträgt. Alice und Ludwig mögen sich gleich. Und so ist die Verlobung schon bald beschlossen. Hochzeit wird es aber erst geben – so will es die Queen – wenn Alice 19 Jahre alt geworden ist.

Unendlich schwieriger wird es, Bruder Bertie an eine Frau zu bringen. Davor müssen wir ein Ereignis erwähnen, das sich – klein begonnen – schicksalhaft, zumindest aus der Sicht Queen Victorias, auswirken sollte:

Alles Suchen nach der Frau für Bertie bringt nichts. Selbst ein eigens dafür arrangiertes Festbankett in Düsseldorf, auf dem alles, was jung und schön ist an Deutschlands Fürstentöchtern, besichtigt werden kann, wird zum Fehlschlag. Am Ende stehen nur noch zwei junge Damen tiefblauen Blutes zur Auswahl: die Prinzessin von Sachsen-Weimar. Die hat aber laut Vickys Bericht „fast schwarze Zähne". Und die Prinzessin von Schweden, die „zu jung" sei.

Aus den Heiratsnöten des Prinzen von Wales hilft am Ende Vickys Hofdame, die junge Gräfin Wally von

Vickys Bruder Bertie, der spätere König Edward VII., im Jahr 1860.

Hohenthal. Die hatte von der nahezu unbeschreiblichen Schönheit der jungen Prinzessin Alexandra von Dänemark gehört, der Tochter des späteren dänischen Königs Christian IX. Wally schafft ein Foto der Schönen herbei. Sie sei groß, schlank, elegant und habe noch dazu gerade Zähne. Das müsse nach Meinung Vickys „genau der Stil (sein), den Bertie so bewundert".

Das Problem, über das sich die englische Frau des künftigen preußischen Kronprinzen am Ende hinwegsetzt: Preußen grollt seit Jahren wegen der dänischen Herzogtümer Schleswig und Holstein mit der Regierung von Dänemark.

Vicky packt das Foto der Schönen aus dem Norden in einen Brief an die Queen. Sie habe „noch nie etwas so Süßes gesehen", schreibt sie dazu. Wenn Bertie das Foto sehen würde, „muß er sich in dieses Bild verlieben". Zu kurz gedacht. Zwar meint Prinz Albert, Vickys Vater, „nach diesem Photo würde ich sie sofort heiraten". Vielleicht fallen deshalb die Einwände der Königin so hart und kritisch aus. Zwar finde sie Alexandra, die man Alix nennt, „unerhört schön". Jedoch: Die Verwandten ihrer Mutter seien „schlecht" und die ihres Vater „dumm".

Aber es eilt auf Europas fürstlichem Heiratsmarkt. Plötzlich will Rußland die Schöne aus Kopenhagen für seinen

Thronfolger haben. Da wird Vicky denn doch aktiv. Sie trifft sich mit der jungen Prinzessin. Danach bekennt sie: „Sie ist reizend! (...) um einiges größer als ich, hat eine zauberhafte Figur (...), schöne regelmäßige Zähne und wunderbare große Augen." Ihre Stimme, ihr Gang, ihre Haltung und ihr Benehmen seien vollkommen. Vicky spart mit weiteren Lobsprüchen nicht: „Wäre sie nur keine Dänin (...), würde ich sagen, ja – sie ist tausendmal die Richtige."

Alexandra von Dänemark, als Gemahlin Edwards VII. spätere Königin von England, auf einer Photographie um 1870

Nun aber gilt es, das Wundergeschöpf dem künftigen Ehemann vorzuführen. Das wird von Vicky so eingerichtet, daß man sich am Rande der preußischen Militärmanöver im Speyerer Dom trifft. Danach ist Vicky tief enttäuscht und niedergeschlagen. Bertie meint zwar nach der Begegnung, daß sie ihm schon gefalle, aber „überwältigt von ihrer Erscheinung ist er offenbar nicht". Vicky zieht daraus den Schluß: „Wenn sie in ihm kein Feuer zu entfachen vermag, dann wird das niemals jemandem gelingen.

Da aber irrt Vicky. Die Werbung um die nordische Braut im Sommer 1861 fällt zeitlich zusammen mit Berties militärischer Ausbildung bei den Grenadier Guards in Irland. Das Ende dieser militärischen Übung feiern Bertie und seine jungen Offizierskameraden ausgelassen. Als Höhepunkt haben sich die Offiziere für Bertie ein besonderes Abschiedsgeschenk ausgedacht. Es heißt Nellie Clifden. Diese junge Frau findet der Prinz – nach dem Gelage nicht mehr sehr nüchtern – in seinem Bett. War das nun schon Skandal genug, so kommt hinzu, daß Nellie nicht gerade der Ruf vorauseilt, in ihrer Liebesgunst sehr wählerisch zu sein. Kurz: Das Prinzenbett war nur eines von nicht wenigen.

Bis heute ist ungeklärt, wer die Bettgeschichte vom Prinzen und dem Mädchen in die Öffentlichkeit brachte. Vielleicht hat Nellie „mit ihrer Eroberung geprahlt", wie der Historiker Massie vermutet, oder die Offiziere haben sich selbst damit gebrüstet, dem Thronfolger zu einer Liebesnacht verholfen zu haben. Wie auch immer: Die Geschichte macht schnell die Runde in Englands Offiziersmessen und Golfclubs. Selbst der alte Baron Christian Friedrich von Stockmar in Coburg, der langjährige Berater des Prinzen Albert, hört, daß der Prinz von Wales sich nun eine erste Geliebte genommen habe, die ihm nach Windsor gefolgt sei. Schließlich unterrichtet ein geschwätziges Mitglied des House of Lords den Prinzen Albert über das irische Bettenspiel seines Sohnes.

Prinz Albert trifft das hart. Er leidet ohnedies seit einiger Zeit an schweren Depressionen. Den Sohn und Thronfolger läßt er wissen: „Du hast mir den größten Schmerz zugefügt, den ich in diesem Leben gefühlt habe." Und die Queen? Sie lamentiert: „Oh! dieser Junge – so sehr ich ihn auch bemitleide, ich erschaudere bei seinem Anblick und das wird auch in Zukunft so bleiben!"

Fassen wir uns nun kurz, was Bertie und Alix, die Dänin, anbelangt. Sie werden trotz des Nellie-Skandals im März 1863 heiraten.

Doch da ist zuvor der 25. November 1861 zu erwähnen, als Prinz Albert seinen Sohn in Cambridge besucht, wo der ein Studium begonnen hat. Bertie zeigt sich reumütig. Er entschuldigt sich. Es ist ein eiskalter Tag, an dem dies geschieht. Prinz Albert beginnt danach zu fiebern. Victoria schreibt dazu an Vicky, daß vieles darauf hindeute, Albert sei an Typhus erkrankt. Victoria wird Alberts Kummer um den Sohn zeit ihres Lebens als eigentliche Ursache des frühen Todes ihres Ehegatten ansehen.

Vicky erlebt dies alles nur durch Briefe ihrer Mutter. Sie kann weder an das Sterbelager ihres Vaters reisen, noch an seinem Begräbnis teilnehmen. Ihr Arzt hat die Reise nach England untersagt. Sie wird im August 1862 den Prinzen Heinrich zur Welt bringen. Es ist ihr drittes Kind. Zwei Jahre zuvor, am 24. Juli 1860, schenkt sie ihrem zweiten Kind, Prinzessin Charlotte, das Leben. Diese Geburt verläuft völlig normal. Diesmal wurde sie rechtzeitig vor der Entbindung gynäkologisch untersucht. Auch hatte sie sich aus London für alle Fälle genügend Chloroform schicken lassen. Fritz massiert ihr während der Wehen die Füße.

Man ließ das Prinzeßchen auf die Namen Victoria, Elisabeth, Augusta und Charlotte taufen. Und ruft sie Charlotte. Weil man sie nicht Elisabeth nach der Frau Friedrich Wilhelms IV., der preußischen Königin ruft, ist Elisabeth vergrätzt. Auch Vickys Mutter in London grollt milde und schreibt etwas pikiert: „Ich hoffe doch, daß eine von Deinen Töchtern, wenn Du noch welche bekommst, Victoria heißen wird, so daß es 4 Generationen von Victorias geben wird." Mama darf beruhigt sein: Das nächste Mädchen wird Victoria heißen und kommt 1866 zur Welt.

Die Verstimmung aber am preußischen Hof wegen der Namensgebung sitzt tief. „Angesichts der verletzenden und griesgrämigen Gesichter war ich den Tränen nahe", berichtet Vicky über die Taufe Charlottes nach London. Sie wird nicht geliebt am Hof von Potsdam und Berlin.

Charlotte und Heinrich kommen im Neuen Palais in Potsdam zur Welt. Es ist der Sommersitz des Prinzenpaares. Prinz Albert hatte ihn noch ausgesucht.

Das Schloß hatte einst Friedrich der Große als Gästeschloß bauen und einrichten lassen. 1859 wird nun mit der Restaurierung begonnen. Man läßt zuerst die Wohnräume in der ersten Etage des großen nördlichen Seitenflügels in Ordnung bringen. Mehr können sich die neuen Hausherren nicht leisten. Später, als sich die Kinderschar von Fritz und Vicky auf insgesamt acht vergrößert hat, bezieht man eine weitere Wohnung im Schloß. Dabei quartierte man den Erstgeborenen, das Sorgenkind Wilhelm, unter dem Dach ein. Der spätere Kaiser erinnert sich: „Potsdam ist meine zweite Heimat und ich muß sagen liebere Heimat gewesen. Hier habe ich mich wohlgefühlt. An das kleine einfache Mansardenzimmer im zweiten Stock des neuen Palais mit seinen Ochsenaugen denke ich oft voll stiller Wehmut zurück."

Im Winter wohnen Fritz und Vicky mit den Kindern im Kronprinzenpalais Unter den Linden. Auch in jener Neujahrsnacht 1861.

Es ist eine halbe Stunde vor zwei Uhr am Morgen des 1. Januar 1861, als ein Telegramm Vicky und Fritz aus dem Schlaf reißt. In Sanssouci in Potsdam liegt der geistig umnachtete Preußenkönig Friedrich Wilhelm IV., der älteste Sohn von Königin Luise und Friedrich Wilhelm III., im Sterben.

Fritz und Vicky stürzen sich in ihre Kleider. Sie laufen über den kalten, stockfinsteren Platz zwischen dem Kronprinzenpalais und dem Palais der Schwiegereltern, das später das Kaiserpalais genannt werden wird. Gemeinsam mit Prinz Wilhelm, dem preußischen Regenten, und Prinzessin Augusta geht es in einer Kutsche zum Bahnhof.

In Sanssouci, wo ein dreiviertel Jahrhundert zuvor so erschreckend einsam Preußens großer König, Friedrich II., starb, stehen sie am Sterbebett Friedrich Wilhelms. Königin Elisabeth sitzt auf einem Stuhl am Bett ihres Mannes, beschreibt die Biographin Hannah Pakula die Szene: „Mit einem Arm stützte sie seinen Kopf, der ihre ruhte neben ihm auf dem Kissen. Mit dem anderen Arm wischte sie ihm den Schweiß aus dem Gesicht."

Lesen wir, was Vicky über dieses Sterben an ihre Mutter schreibt. „Es war so tröstlich, (...) diesen stillen, friedlichen Körper anzusehen, der nach allem, was er durchlitten hat, endlich zur Ruhe gekommen ist (...) sein Mund und seine Augen geschlossen und so ein glücklicher Ausdruck (...) Fritz und ich standen lange da und betrachteten ihn. Ich konnte kaum glauben, daß dies wirklich der Tod war, vor dem ich so oft erschauert war und Angst gehabt hatte; da war nichts Furchtbares und Erschreckendes – nur himm-

Schloß Friedrichskron wird das Neue Palais in Potsdam unter dem Kronprinzenpaar Friedrich Wilhelm und Vicky genannt. Sechs ihrer acht Kinder wurden hier geboren und getauft.

lische Ruhe und Frieden. (...) Ich fürchte mich jetzt nicht mehr vor dem Tod, und wenn ich wieder dazu neigen sollte, werde ich an diesen feierlichen und tröstlichen Anblick denken und daran, daß der Tod alles zum Guten wendet!"

Sie wird diesen Trost einer Todesstunde bitter nötig haben in ihrem weiteren Leben, diese junge Frau, die nun offiziell Preußens Kronprinzessin geworden ist und ihr Mann der Kronprinz Preußens. Sie werden es 27 Jahre sein. Mit Vicky hatte der Vater in London seinen Traum von einem liberalen Preußen als Vorreiter für ein liberales Deutschland verbunden. Ein Traum, der noch zerbricht, bevor Albert im Todesjahr Friedrich Wilhelms IV. auch selbst für immer die Augen schließt.

Im Schatten der Krone

Vicky auf
einem Stahlstich
von 1869

„Ich möchte Dich
vor allem schützen und
bewahren können,
was Dein großes goldenes
Herz betrüben könnte!"

(Vicky an den Kronprinzen
Friedrich Wilhelm aus London)

Wilhelm I. von Preußen auf einer Photographie in den 1860er Jahren

Begeben wir uns in das Jahr 1862. Finden wir uns am Abend des 4. Oktober auf dem noch halbfertigen Bahnhof von Jüterbog ein. Setzen wir uns einem Mann gegenüber, dessen mächtige Gestalt selbst noch in der Dunkelheit unter den vielen Reisenden „Dritter Klasse" wie ein kolossaler Schatten wirkt. Der Mann sitzt auf einer umgestürzten Schubkarre. Niemand scheint ihn zu kennen. Dabei wird er einmal die Geschichte Europas in der zweiten Hälfte des 19. Jahrhunderts wie kein anderer bestimmen. Es ist Otto von Bismarck, seit elf Tagen preußischer Ministerpräsident, davor der Gesandte Preußens in Petersburg und Paris.

Bismarck ist Wilhelm I., seinem König, von Berlin entgegengefahren. Wilhelm kehrt mit einem fahrplanmäßigen Zug von Baden-Baden zurück. Dort hat er den Geburtstag seiner Frau, der Königin Augusta, gefeiert. Als der Zug mit dem König in den Bahnhof eingefahren ist, versucht sich der preußische Ministerpräsident bei den, wie er später selbst schreibt, „kurz angebundenen Zugschaffnern" nach dem Wagen zu erkundigen, in dem sein König sitzen soll. Er findet ihn schließlich „in einem gewöhnlichen Coupé erster Klasse". Niemand ist bei ihm. Die Stimmung des Monarchen ist „unter der Nachwirkung des Verkehrs mit seiner Gemahlin sichtlich gedrückt", schildert Bismarck die Szene.

Der Ministerpräsident hatte die Reisezeit mit seinem König von Jüterbog nach Berlin nutzen wollen, um seine Rede vor der Budgetkommission des preußischen Landtags zu erläutern. Dort hatte Bismarck, zum Erschrecken selbst seiner wenigen Freunde und auch seines Königs, erklärt, daß „die großen Fragen der Zeit nicht durch Reden und Majoritätsbeschlüsse entschieden" würden, sondern durch „Eisen und Blut".

Die gedrückte Stimmung Wilhelms rührte, wie Bismarck richtig vermutet hatte, daher, daß ihm Augusta und Luise, seine Tochter, ebenso wie sein Schwiegersohn, der liberale Großherzog von Baden, prophezeit hatten, er werde gemeinsam mit Bismarck im Streit um die Heeresreform mit dem Landtag enden wie vor zweihundert Jahren Englands König Karl I. Ihm hatte man, auf Betreiben Oliver Cromwells, den Kopf abgeschlagen.

So gipfelt denn, laut Bismarck, das nächtliche Gespräch im Zug in den Worten des Königs: „Ich sehe ganz genau voraus, wie das alles endigen wird. Da vor dem Opernplatz, unter meinen Fenstern, wird man Ihnen den Kopf abschlagen und etwas später mir."

Bismarck fragt beherrscht zurück: „Et après, Sire?" „Ja, après", erwidert der König. „Dann sind wir tot!"

Genial wendet der spätere deutsche Reichskanzler das Gespräch, lenkt seinen Souverän in die Rolle des „für Königtum und Vaterland kämpfenden Offiziers".

Bismarck schafft es, daß der König in einer fast heiteren Stimmung in Berlin aussteigt. Das gelingt ihm mit Sätzen wie diesen: „Können wir", fragt Bismarck, „anständiger umkommen? Ich im Kampf für die Sache meines Königs und Eure Majestät, indem Sie Ihre königlichen Rechte von Gottes Gnaden mit dem eignen Blute besiegeln, ob auf dem Schafott oder auf dem Schlachtfeld."

Die „königlichen Rechte". Wir kommen darauf zurück wie auch auf den Anlaß, aus dem sich der Konflikt zwischen König und Parlament entwickelt, auf die Heeresreform.

Vicky, die Kronprinzessin, empfindet die Ernennung Bismarcks zum Ministerpräsidenten als eine Heimsuchung für Preußen, darüber hinaus für ganz Europa.

Hatte das Kronprinzenpaar gehofft, mit seiner neuen Stellung im Staat für ihre Hofhaltung im Neuen Palais in Potsdam und im Kronprinzenpalais Unter den Linden in Berlin mehr Mittel zu bekommen, so irrte es. An ihre Mutter schreibt die Kronprinzessin: „Es ist vollkommen unmöglich, sich in irgendeiner geschäftlichen Angelegenheit mit ihm (dem König) zu einigen. Er wird sehr aufgebracht, redet ständig von Fritz' ungeheuren Reichtümern, (...) weigert sich, ihm die nötigen Dinge zu gewähren." So wird weiter Vickys beachtliche Mitgift für die Hofhaltung des Paares belastet.

Wilhelm, der seinem Sohn jede Erhöhung seiner Apanage ablehnt, ist, was seinen persönlichen Aufwand anbelangt, die Schlichtheit selbst. Nach Friedrich Wilhelm I., dem Soldatenkönig, ist er das zweite Musterbeispiel an Pflichterfüllung und Genügsamkeit. So soll er, statt in Prunkbetten unter seidenen Baldachinen, auf einem Feldbett schlafen, zwischen zerrissenen Laken und unter zerschlissenen Decken.

Es gibt kein Bad im Palais Unter den Linden. Samstags schleppen die Diener eines nahen Hotels dem König eine Badewanne ins Haus.

Wilhelm verwaltet vom ersten Tag seiner Regierungszeit an die Finanzen aller Familienmitglieder. Er bezahlt ihre sämtlichen Ausgaben aus den Erlösen der königlichen Besitzungen.

Vicky lamentiert bei einem Besuch ihrer Eltern im Osborne House auf der Insel Wight über die Kosten der anstehenden Krönung Wilhelms in Königsberg. Sie ist der

Meinung, alles, was sie an Kleidern und sonstigen Dingen dafür benötigt, müsse der preußische Hof bezahlen. Überhaupt sehen Fritz und Vicky nicht ein, weshalb Wilhelm sich – wie einst König Friedrich I. im Jahr 1701 –, in der Königsberger Schloßkirche krönen lassen will statt in Berlin.

Hatten der Kronprinz, vor allem aber Vicky und ihr Vater Albert, darauf gehofft, daß sich Wilhelm bei seiner Krönung auf die preußische Verfassung beruft, so werden diese Hoffnungen bitter enttäuscht. Wie einst Friedrich I., der, um König in Preußen zu werden, dem Kaiser in Wien für den Kriegsfall 8 000 Soldaten und die Unterstützung eines Habsburgers bei der nächsten Kaiserwahl versprach, setzt sich am 18. Oktober 1861 auch Wilhelm selbst die Krone auf. Er empfange sie „aus der Hand Gottes", heißt es in seiner Proklamation. Der Traum des Prinzen Albert in London und seiner Tochter Vicky von einer konstitutionellen Monarchie in Preußen mit Strahlkraft für ganz Deutschland ist an diesem Oktobertag endgültig ausgeträumt.

Das Berliner Palais Wilhelms I. Unter den Linden – hier schon zu Kaisers Zeiten 1898 auf einer Photographie

Vicky und wohl auch der Kronprinz vermochten den hohen Symbolwert dieser Königskrönung offenbar nicht zu begreifen. Für diese Krone „aus der Hand Gottes" hatte sich Wilhelms Vater, Friedrich Wilhelm III., 1807 von Napoleon I. demütigen lassen, als er am Ufer der Memel bei strömendem Regen unter einem russischen Militärmantel zuschauen mußte, wie auf der Mitte des Flusses in einem Zelt auf einem Floß Frankreichs Kaiser und Rußlands Zar Alexander I. über das Schicksal Preußens entschieden.

Es war diese Krone „aus Gottes Hand", für die Wilhelms Mutter, Preußens Königin Luise, Napoleon, „dem Teufel, der sich aus dem Kot emporgeschwungen hat", empfängt, um ihn zu bitten, Preußen die Last von 150 Millionen Francs an Kriegsschulden zu erlassen. Es ist die Krone, die Friedrich der Große in drei Kriegen aufs Spiel setzt, um Preußen zu einer europäischen Großmacht zu machen.

Während der Krönungsfeiern in Königsberg ist Vicky krank. Sie plagt nicht nur eine schwere Erkältung mit ho-

Am 18. Oktober 1861 läßt sich Wilhelm in der Schloßkapelle in Königsberg zum preußischen König krönen. Adolph von Menzel hielt das Ereignis auf einem Ölgemälde fest.

hem Fieber. Ein Abszeß im Ohr, der zeitweilig taub macht, zwingt sie, den meisten Festlichkeiten fernzubleiben. Noch lange trägt sie – wie einst Königin Luise – ein Seidentuch um Kopf und Hals und muß sich warmes Öl ins Ohr träufeln.

Preußens neue Königin Augusta hat kein Verständnis für die Probleme ihrer Schwiegertochter. Sie bemängelt, daß Vicky ihrer Pflicht als Begleitung der Königin nicht nachkomme, sie tue und lasse, was sie wolle. So jedenfalls beklagt sich Augusta bei Vickys Mutter in London.

Im März 1862 besucht Vicky zum ersten Mal nach dem Tod ihres Vaters ihre in tiefer Trauer lebende Mutter. Da geschieht Schicksalhaftes in Berlin: Die liberale Mehrheit des preußischen Landtags verabschiedet eine Gesetzesvorlage, in der Wilhelm, gemäß der Verfassung, verpflichtet wird, sich das Militärbudget vom Parlament genehmigen zu lassen. Was der König mit Empörung zurückweist. Er pocht auf sein Hoheitsrecht und löst kurzerhand den Landtag auf, so daß neu gewählt werden muß. Das geschieht am 6. Mai. Dabei ändern sich die Mehrheitsverhältnisse im Parlament nicht. Im Gegenteil: Fortschrittspartei und „Linkes Zentrum" erobern zwei Drittel der Sitze. Der Landtag streicht alle Mehrausgaben für eine vom König und von seinem Kriegsminister Albrecht von Roon gewünschte Heeresreform.

Danach ist vorgesehen, die Friedensstärke der preußischen Armee von bisher 150 000 auf 220 000 Mann zu erhöhen. 49 neue Regimenter sollen aufgestellt, die Militärdienstzeit von zwei auf drei Jahre festgeschrieben werden. Der Streit zwischen König und Landtag entzündet sich vor allem an der dreijährigen Militärzeit.

Schon seit dem Frühjahr, nach des Königs erstem Konflikt mit dem Parlament, kursiert in Kreisen des Berliner Hofs das Gerücht, der König wolle Bismarck zum neuen Ministerpräsidenten machen. „Nur den nicht zum Minister", schreibt Vicky an Fritz aus London. Er habe „keine Grundsätze". Der preußische König gerät in diesen Wochen mehr und mehr in Widerspruch zu seinem Thronfolger. Er liest in den Zeitungen, daß die liberale Opposition im Land in seinem Sohn einen Verbündeten sieht. Er sieht in der von Vicky beeinflußten liberalen, auf eine konstitutionelle Monarchie in Preußen gerichteten Haltung des Prinzen einen „Treuebruch".

Friedrich Wilhelm im Jahre 1869

Das trifft Friedrich Wilhelm schwer. Er ist tief verletzt. Vicky versucht, ihn aus London zu trösten. Nichts könne mehr verletzen, mehr schmerzen, als ein „ungerechter Tadel“. Und da sind sie denn wieder, am Schluß ihres Briefes, die Worte, die eine große Liebe findet, und in denen soviel Mütterliches einer gerade 22jährigen mitschwingt: „Ich möchte Dich vor allem schützen und bewahren können, was Dein großes goldenes Herz betrüben könnte!“

Am 22. 11. 1862 findet ein folgenschweres Treffen Wilhelms I. mit Otto von Bismarck in Babelsberg statt. Farblithographie nach einer Zeichnung von Carl Röhling

Sie kann ihn nicht schützen, vor nichts bewahren. Gemeinsam können sie auch nicht verhindern, daß der König Otto von Bismarck nach einem langen Gespräch im Schloß Babelsberg und einem noch längeren Spaziergang im Park des Schlosses zum preußischen Ministerpräsidenten ernennt. Die Urkunde, die den Anfang setzt für ein völlig verändertes Machtgefüge in Europa, ist auf den 23. September 1862 datiert. Ein deutscher Schicksalstag.

Noch einmal, ein einziges Mal scheint es, als wolle es die Geschichte anders. Nach dem Scheitern der Heeresreform im Landtag ist Wilhelm offenbar bereit, zugunsten seines Sohnes abzudanken. Er hat den Kronprinzen aus Gotha, wo er sich mit Vicky und den Kindern anläßlich eines Besuchs Queen Victorias aufhielt, herbeitelegrafiert, um ihm zu eröffnen, daß er beabsichtige, abzudanken, wenn man der Heeresreform nicht zustimme. Vor Gott

und seinem Gewissen könne er nicht anders. Fritz ist entsetzt. Unter Tränen beschwört er den Vater, der ihm wie „ein armer gebrochener alter Mann“ vorkommt, diesen Schritt nicht zu tun. Er sei verhängnisvoll. Der König schaffe damit einen für den Fortbestand des preußischen Königreiches gefährlichen Präzedenzfall. Wohl nicht eine einzige Sekunde mag Friedrich Wilhelm, der Sohn, der den Vater hoch verehrt, daran gedacht haben, daß nun seine Stunde gekommen sein könnte, den Thron zu besteigen.

Ganz anders Vicky. Aus Gotha schreibt sie an Fritz: „Wenn der König fühlt, daß er nun nicht die nötigen Schritte tun kann, um Ordnung und Vertrauen im Lande wieder herzustellen, ohne gegen sein Gewissen zu handeln, finde ich es weise und ehrlich, es anderen zu überlassen, die diese Pflichten übernehmen können, ohne ihr Gewissen zu belasten.“ Das ist deutlich. Und sie sattelt noch darauf: „Ich meine, Du müßtest dem Lande dieses Opfer bringen. Wenn Du es nicht annimmst, glaube ich, daß Du es einst bereuen wirst.“

Fritz zeigt sich zum ersten Mal unbeeindruckt von den Argumenten Vickys. Er will dem Vater die Krone retten, indem er sich um Kompromisse bemüht. Bis dann der König selbst mit der Ernennung Bismarcks den Gedanken an eine Abdankung aufgibt, wenn sie denn wirklich ernst gemeint war. Wilhelm und sein erster Minister versprechen sich, die Heeresreform, wenn nötig, gegen das Parlament durchzusetzen. Auch mit dem Risiko, „auf dem Schafott zu enden“.

Vier Jahre läßt Bismarck den Verfassungskonflikt zwischen König und Parlament in der Schwebe, regiert das Land mit einer Art Notstandsklausel, handelt, was den Umbau der Armee anbelangt, wie er und sein König es für richtig halten.

Schwierige Jahre für das Kronprinzenpaar. Jahre, die sich insgesamt auf 26 zusammenrechnen, in denen ein Virtuose die Politik dirigiert. Er beherrscht alle Tonlagen: vom parlamentarischen Geklimper bis hin zu den Meisterkonzerten der Diplomatie.

Dann kommt für Fritz der Donnerschlag: Anfang Juni 1863 erläßt Bismarck eine Verfügung, die es der Regierung möglich macht, mißliebige Zeitungen zu beschlagnahmen oder zu verbieten.

Vickys Kommentar dazu in einem Brief an ihre Mutter legt die krassen Gegensätze bloß, die im preußischen Königshaus zwischen dem Thronfolger-Paar und dem sich ganz auf Bismarck verlassenden König in einem bis dahin kaum gekannten Ausmaß aufgetreten sind: „Dieser elende Bismarck, er wird in seiner verrückten Karriere nicht innehalten, bis er seinen König ruiniert und sein Land in die gefährlichsten Schwierigkeiten gebracht hat!" Wie sehr irrt sie da, die „Princess Royal" aus Englands Königshaus.

Von dem Presseerlaß erfährt der Kronprinz auf einer gemeinsamen Reise mit Vicky durch Preußens östliche Provinzen. Er schickt ein Protestschreiben an seinen Vater, in dem er den Erlaß für „ungesetzlich" erklärt. Dann macht er den großen Fehler, in Danzig öffentlich zu bekennen, „von den Anordnungen nichts gewußt" zu haben. In seinem Tagebuch vermerkt er am Abend nicht ohne Stolz: „Ich habe mich laut als Gegner Bismarcks und seiner unheilvollen Theorien bekannt und habe also der Welt bewiesen, daß ich sein System nicht angenommen oder gebilligt habe."

Das war der berühmte Tropfen, der das Faß zum Überlaufen bringt. Der König ist so empört, daß er daran denkt, seinen Sohn vor ein Kriegsgericht zu stellen. In dieser Lage zeigt sich das Format Bismarcks, seine Souveränität im Handeln und kühle Überlegenheit. Lassen wir ihn selbst berichten:

„Während ich die Erregung des Königs als berechtigt anerkennen mußte, bemühte ich mich zu verhindern, daß er ihr durch staatliche oder auch nur öffentlich erkennbare Akte Folge gebe. Ich mußte es mir im dynastischen Interesse zur Aufgabe stellen, den König zu beruhigen und von Schritten, die an Friedrich Wilhelm I. und Küstrin erinnert hätten, abzuhalten. (...) Es gelang mir in der Tat, die väterliche Entrüstung durch die Staatsraison zu besänftigen. (...) Einen besonderen Eindruck schien es zu machen, als ich daran erinnerte, daß in dem Konflikte zwischen Friedrich Wilhelm I. und seinem Sohne dem Letztern die Sympathie der Nachwelt und der Zeitgenossen gehöre, daß es nicht ratsam sei, den Kronprinzen zum Märtyrer zu machen."

Das ist politische Klugheit in ihrer Vollendung. Dem Thronfolger wird danach vom Vater lediglich befohlen, künftig keine öffentlichen Erklärungen mehr abzugeben. Der Kronprinz akzeptiert und ist von nun an bei Preußens Liberalen als „Duckmäuser" abgestempelt. Ein Sieg Bismarcks im Hause Hohenzollern auf dem Weg zu großen Geschehnissen und weitaus bedeutenderen Siegen.

Die Nordseite von Schloß Babelsberg 1857 auf einer Lithographie von W. Lœillot

Die neue Preußin

Heinrich von Angeli: Vicky als preußische Kronprinzessin, 1874, Öl auf Leinwand

„Ich sehe für mich die Pflicht als gute Gattin – und als wirklich hingebungsvolle und begeisterte Preußin (als die ich mich jeden Tag mehr fühle), allen Einfluß, den ich besitze, daran zu verwenden, daß Fritz seine Überzeugungen und sein politisches Gewissen über seine Gefühle als Sohn stellt."

(Vicky an ihre Mutter, Englands Königin Victoria)

Sie hat sich verändert – fast über Nacht: Vicky, die Princess Royal, das älteste Kind der englischen Königin Victoria, durch die Ehe mit Prinz Friedrich Wilhelm Preußens Kronprinzessin. Plötzlich wird sie von Selbstzweifeln geplagt. Ausgerechnet dieses Königskind, dem es seit seiner frühen Kindheit nie an Selbstbewußtsein und Selbstvertrauen, an Aufsässigkeit und Optimismus gefehlt hat. Ein Geschöpf von hellwacher Intelligenz, gepaart mit einer guten Portion froher Sinnlichkeit, beginnt plötzlich Defizite an sich zu entdecken.

Man kann den Beginn der Selbstzweifel der preußischen Kronprinzessin beinahe auf den Tag fixieren. Es ist der 10. März 1863. An diesem Tag wird in der St. George's Chapel von Windsor Englands Thronfolger, Vickys Bruder Edward, der Prinzessin Alexandra von Dänemark angetraut. Liegt es daran, daß Vicky Alexandra als den Inbegriff von Jugend und Schönheit empfindet, sie noch beeindruckt ist von der kürzlichen Begegnung mit der jungen Elisabeth, der österreichischen Kaiserin? Jedenfalls stellt Vicky fest, als Kind äußerlich ein „vollkommenes Ungeheuer" gewesen zu sein. Auch jetzt, mit ihren 22 Jahren, empfindet sie sich als „außerordentlich häßlich und uninteressant". Vielleicht gefällt sich die Prinzessin auch deshalb nicht, weil drei Geburten im knappen Zwei-Jahres-Rhythmus ihrer Figur nicht gut getan haben.

Hochzeit von Bertie, Prince of Wales, mit Alexandra von Dänemark am 10. März 1863 in der St. George's Chapel von Schloß Windsor

Dabei gab es eigentlich gerade an diesem Tag, an dem sie unter stürmischem Beifall hinter ihren Geschwistern durch die Hochzeitsgemeinde schritt, allen Grund, auf sich stolz zu sein. Sie hatte die Aufgabe übernommen, bei der Festgesellschaft „Lärm & Fröhlichkeit" gar nicht erst aufkommen zu lassen. Queen Victoria, die noch immer – zwei Jahre nach seinem Tod – um ihren Mann Prinz Albert in tiefer Trauer war, hatte Vicky darum gebeten. Die Königin selbst verfolgte die Trauungszeremonie von der Empore aus, in einem von den Hochzeitsgästen abgetrennten Kabinett.

Vicky hatte ihren vierjährigen Sohn Wilhelm mit nach England bringen dürfen. Der spätere deutsche Kaiser trägt zur Hochzeitsfeier einen schottischen Highland Kilt, als er an der Hand seiner Mutter die Kirche betritt.

GOD BLESS THE PRINCE OF WALES,
(THE NEW NATIONAL SONG.)
COMPOSED & ARRANGED FOR THE
PIANO-FORTE,
BY
BRINLEY RICHARDS.
LONDON; ROBERT COCKS & Co NEW BURLINGTON STREET, W.
BY SPECIAL APPOINTMENT
MUSIC PUBLISHERS TO THEIR MAJESTIES QUEEN VICTORIA, & THE EMPEROR NAPOLEON III
Piano Solo 4/-
Piano Duet 4/-
Song 3/-
ENT. STA. HALL.
COPYRIGHT.
STANNARD & DIXON IMP.

Weshalb soll es in Königsfamilien anders zugehen als in den Familien gewöhnlicher Sterblicher? Auch vierjährige Thronanwärter langweilen sich bei langen Andachten, Predigten und Gesängen. Vicky hatte Willi, wie man den kleinen Preußenprinzen ruft, in die Aufsicht ihrer Brüder Arthur und Leopold gegeben. Der kleine Prinz, der sich als zu wenig beachtet empfindet, kratzt zunächst Onkel Affie am nackten Bein. Als der das verbietet, zieht er ihm den zum Kilt gehörenden Dolch aus dem Strumpf und droht damit. Danach schnappt er sich die Felltasche seiner schottischen Montur und wirft sie in den Chor.

Dennoch bleibt Willis Großmutter Victoria dabei, daß er ein „so lieber, guter, kleiner Junge" sei. Auch da unterscheiden sich große Königinnen im Blick auf ihre Enkelkinder nicht von der Oma nebenan.

Bleiben wir bei Bertie und Alix. Sie, die zukünftige englische Königin, ist ja die Tochter des dänischen Prinzen Christian, der noch im Jahr ihrer Vermählung den dänischen Thron als König Christian IX. besteigt. Der liefert

Bismarck danach prompt mit der Einverleibung des Herzogtums Schleswig in den dänischen Staat den Grund für den Krieg des Deutschen Bundes, unter Führung von Preußen und Österreich, gegen Dänemark.

Der Krieg der Mächtigen gegen den militärischen Winzling gipfelt in der siegreichen Erstürmung der Düppeler Schanzen durch preußische Truppen, angeführt von Kronprinz Friedrich Wilhelm. Obwohl dem 80jährigen Feldmarschall Friedrich Heinrich Ernst von Wrangel untergeordnet, ist er es, der Preußen durch eine kühne Strategie und Taktik den Sieg einbringt. „Daß Du eigentlich tatsächlich die Armeen führst, ohne den Namen zu geben, macht mich stolz und glücklich", schreibt Vicky ihm.

Er hatte seinen Vater König Wilhelm I. gebeten, an dem Sturm auf die Düppeler Schanzen teilnehmen zu dürfen. Seine Mutter, Königin Augusta, hat Angst um ihren Sohn und ist strikt dagegen. Vicky versucht, die Schwiegermutter umzustimmen. Es kommt zum Streit. Vicky meint, Fritz wisse am allerbesten, was sein Leben wert sei. Was Augusta unbegreiflich erscheint. „Ich bin seine Mutter", verteidigt die Königin die Sorge um Fritz. „Ich bin seine Frau!", erwidert Vicky.

Die Düppeler Schanzen in der Nähe von Sonderburg am 18. April 1864, nachdem sie von den Preußen und Österreichern im Deutsch-Dänischen Krieg gestürmt worden waren.

Sie fährt danach zum König. „Ich bat Deinen Papa", schreibt sie an Fritz, „er möchte Dir doch freie Hand geben. Er sagte, er habe das gewollt, allein Mama habe solchen Lärm geschlagen." Doch Wilhelm willigt nach Vickys Drängen schließlich ein.

Fritz darf in die Schlacht ziehen. Sie trägt ihm den Rang eines Generals ein und das Kommando über ein Armeekorps in Pommern. Vicky bleibt mit den Kindern in Potsdam und Berlin.

Doch es war – was das Kronprinzenpaar zwar ahnt, aber nicht wahrhaben wollte – für den Kronprinzen ein fragwürdiger Sieg. Hatte er geglaubt, die beiden Herzogtümer Schleswig und Holstein blieben frei und Mitglieder des Deutschen Bundes, so hatte er sich – wie fast alle in Berlin und Wien – getäuscht. Hinter allen Diplomatenplänkeleien und Friedenskonferenzen steht der Versuch des preußischen Ministerpräsidenten, Schleswig und Holstein für Preußen zu annektieren. Was einen Krieg mit Österreich, das gemeinsam mit Preußen die Herzogtümer verwaltet, unvermeidlich macht.

Bismarck will deshalb diesen Krieg: Er braucht die Herzogtümer als Zankapfel, damit er irgendwann – wenn es ihm opportun erscheint – die Auseinandersetzung mit Österreich um die Vorherrschaft in Deutschland beginnen kann.

Am Ende dieser von den Mächten Europas bestaunten Politik Bismarcks wird Vicky ihrer Mutter schreiben, sie wünsche sich nur, „wir und das Land wären ihn los und alle, die sind wie er." Weiter heißt es: „Wenn mein Brief von den Postbeamten geöffnet wird, werde ich des Hochverrats angeklagt." Dabei sei sie „genauso loyal wie jeder andere", da sie den König liebe und „alles tun würde, ihm zu dienen." Und dann folgt der Satz, der ihr tatsächlich als Hochverrat ausgelegt worden wäre, hätte man den Brief geöffnet: „Man ärgert sich über den Schaden, der einer edlen Nation von einem einzigen skrupellosen Abenteurer zugefügt wird."

Dieser „skrupellose Abenteurer", der dem gleichen König mit Hingabe dient wie das Kronprinzenpaar, sich um das Wohl des gleichen Preußens sorgt und der, wie Vicky selbst, am Ende des Lebens bitter enttäuscht sein wird, er wird sie zur Kaiserin machen. Sie wird es ihm nicht danken, nicht aufhören, seine Feindin zu sein.

Was Bismarck allerdings kaum zu stören vermag. Im Gegenteil. Ihm gefällt die „wilde Frau" in ihrer „ungebrochenen Sinnlichkeit". Er verkehre mit ihr wie „ein verliebter Greis".

Verlassen wir Preußen, Berlin, Potsdam und das Königshaus für eine kurze Weile. Kehren wir zurück an den Hof Queen Victorias, zu Bertie, dem Thronfolger, und Alix, der Prinzessin von Wales.

Dort bringt Englands Königin der Gedanke um den Schlaf, Bertie und Alix säßen auf Britanniens Thron. Zum Verdruß seiner Mutter führt Bertie, dem sie noch immer wegen des Kummers, den er Prinz Albert bereitet hat, die Schuld gibt am Tod des Vaters, nicht die Ehe, die sich die

Edward, Prince of Wales, mit seiner Familie, um 1868: Alexandra und die Kinder Albert Victor, George, Louise und Victoria.

Königin für einen künftigen englischen König vorstellt. Schon bald nach der Hochzeit wird für Bertie die schöne, aber wenig anregende Alix langweilig.

Der Prinz ist – wie vor der Ehe – wieder Mittelpunkt vieler Londoner Clubs. Die Zahl seiner Liebschaften droht unübersichtlich zu werden. Er stillt seinen Heißhunger auf das Leben, das er schon als Kind mehr gemocht hat als die Welt des Geistes. Paris, das er liebt und oft inkognito besucht – manchmal sogar gemeinsam mit Alix – ist die Stadt seiner Freuden. Hier verbringt er viel Zeit mit einer der berühmtesten Kurtisanen Frankreichs, der Schauspielerin Hortense Schneider. Ihr sieht er oft stundenlang beim Schminken zu.

Seine Vergnügungssucht schließt die Völlerei ein. Der Prinz habe einen gewaltigen Appetit, schreibt der Historiker Robert K. Massie in seinem Buch „Die Schalen des Zorns“. Es liefert uns einen Bericht über den normalen Speiseplan des Thronfolgers. Zum Frühstück „gab es Verlorene Eier, Speck, Schellfisch, Hühnchen oder Waldschnepfen“. Die Hauptmahlzeit habe zwölf Gänge gehabt. „Je fetter zubereitet, um so besser.“ Kaviar gab es zu jeder Stunde. „Von Flußkrebsen, in Chablis gekocht, konnte er nie genug kriegen.“ Er bevorzugte Wildgeflügel. Moorschneehühner, Fasane, Rebhühner und Schnepfen, „entbeint und mit Gänseleber gefüllt und schwimmend in fetter Madeirasoße“. Sonntags, nach dem Kirchgang, verputzte der Prinz Roastbeef und Fleischpudding in Blätterteig und abends nach dem Theater läßt er es sich noch einmal mit gegrillten Austern wohl sein. Vom Alkohol hält er nur wenig. Es sei denn, es geht um Champagner.

Die wunderschöne, gertenschlanke Alix sieht diesen Speisegewohnheiten ihres Gatten mit Sorge zu. Sie beklagt, daß er alles einfach herunterschlinge ohne zu kauen. Als Alix und Bertie 1869 zu Besuch in Ägypten sind, nimmt er auf sechs blauen und goldenen Flußdampfern auf einer 500 Meilen langen Fahrt für seine Reisegesellschaft 3 000 Flaschen Champagner mit, 4 000 Flaschen Rotwein und dazu vier französische Köche. Für Alix, die an Rheuma leidet, hat er einen weißen Esel als Reittier herbeischaffen lassen. In Kairo läßt sich Alix einen Harem zeigen. Die Damen dort schminken die Prinzessin aus England nach Art des Morgenlandes, hüllen sie in lustvolle Gewänder und zarte Schleier, um Bertie eine Freude zu machen. Ob es das tat, ist nicht bekannt.

Alix läßt Bertie gewähren. Selbst seine lange Affäre mit der an Schönheit kaum zu übertreffenden Schauspielerin Lillie Langtry nimmt sie mit Gelassenheit hin. Der Londoner Bühnenstar ist verheiratet. Doch auch der Ehemann der Dame macht es wie Alix: Er weiß und schweigt. Wenn man der Prinzessin von Wales etwas Ruhmvolles nachsagen will, dann dies: Sie spielt ihre Rolle in Berties „königlichen Schlafzimmerdramen" mit Vollkommenheit, sieht dem Ganzen sogar mit einem gewissen Amüsement zu.

Das Schicksal meint es nicht gut mit Alix. So geht ihr der Konflikt um Schleswig und Holstein so nahe, daß sie im Januar, zwei Monate zu früh, einen Sohn, Prinz Albert Victor, zur Welt bringt. Das Siebenmonatskind wiegt nur 1700 Gramm. Der Prinz wird dennoch 28 Jahre alt werden. Drei Jahre nach Alberts Geburt erkrankt sie, mit 22 Jahren, an rheumatischem Fieber, an dem sie fast gestorben wäre. Als Folge behält sie ein steifes Knie zurück und muß sich seitdem hinkend bewegen. Außerdem beginnt bei ihr schon früh eine erblich bedingte Taubheit.

Was Alix gleichfalls Zeit ihres Lebens behält – sie stirbt 1925 – ist ihre Verbitterung über Preußen wegen der Annexion Schleswigs und Holsteins. Darauf gegründet ist ein nie versiegender Haß. Auch später noch, als Königin an der Seite Berties, pflegt sie diesen Haß. Als Wilhelm II. ihren zweitgeborenen Sohn, den späteren Georg V., zum Ehrenoberst eines preußischen Regiments ernennt, tobt Alix: „Nun ist mein Georgie ein richtiger, schmutziger deutscher Pickelhaubensoldat in blauem Rock! Ich hätte nie gedacht, daß ich das noch erleben muß."

Kann Alix nur schwer ihre Gefühle gegenüber Preußen verbergen, so ist Wilhelm I. im Jahr 1869, als sie gemeinsam mit Bertie einen Besuch in Berlin macht, ganz und gar hingerissen von der Prinzessin. Lassen wir darüber Vicky ihrer Mutter nach London berichten: „Der König rührt mich richtig mit dem unverhohlenen Vergnügen, das es ihm bereitet, so freundlich und herzlich zu sein. Zum Ball schenkte er Alix einen Strauß Blumen. Ich glaube nicht, daß er so etwas schon einmal bei jemandem getan hat, nicht einmal bei der Kaiserin von Rußland."

Galanterien eines Königs, ein Jahr, bevor Bismarck, sein Ministerpräsident, zum dritten Schachzug ansetzt, um Preußen die Führungsmacht in einem vereinigten Deutschland endgültig zu sichern: die Auseinandersetzung mit dem Frankreich Napoleons III.

Drei Jahre zuvor hatte im Deutschen Krieg um Schleswig und Holstein Österreich gemeinsam mit den Königreichen Bayern, Hannover, Sachsen und Württemberg sowie den Großherzogtümern Baden und Hessen-Darmstadt, dem Herzogtum Nassau und Kurhessen gegen Preußen und einige norddeutsche Klein- und Mittelstaaten gestanden. Dieser Krieg hat Preußen größer, so groß gemacht wie nie zuvor. Es reicht nun durch die Annexion des Königreichs Hannover als zusammenhängendes Staatsgebiet von der Memel bis an den Rhein.

Nach der siegreichen Schlacht von Königgrätz am 3. Juli 1866 überreicht König Wilhelm I. seinem Sohn Fritz den Orden Pour le mérite, rechts im Hintergrund Otto von Bismarck.

Dafür waren in der alles entscheidenden Schlacht von Königgrätz am 3. Juli 1866 Zehntausende von Soldaten gestorben. Sieger ist Preußens Oberbefehlshaber Helmuth von Moltke, der in jungen Jahren Adjutant des preußischen Kronprinzen war. Einen großen, wenn nicht gar den entscheidenden Anteil am Sieg hat Fritz als Oberbefehlshaber der zweiten schlesischen Armee. Vicky, der er eine Kornblume aus dem Hauptquartier schickt, sorgt sich, Fritz könnte in einen „Kriegsrausch“ geraten. Sie mahnt: „Wir (beide) wissen nur zu gut, wie es zu diesem Krieg gekommen ist, und wir wissen, daß unsere Politik ungerecht und brutal war.“ Was durch „Blut und Eisen“ erreicht worden sei, hätte man auch durch „moralische Siege erreichen können“. Ein „Blutbad“ sei nicht nötig gewesen.

Sie muß sich um Fritz und dessen Einstellung zum Krieg keine Sorgen machen. Seinem Tagebuch vertraut er an: „Der Krieg ist doch etwas Furchtbares, und derjenige Nichtmilitär, der denselben mit einem Federstrich am grünen Tisch herbeiführt, ahnt nicht, was er heraufbeschwört.“

Vickys Meinung zu Königgrätz und dem preußischen Sieg steht in einem zweiten Brief. Er beginnt mit der schlichten Anrede „Geliebter Mann“. Sie ist nun auch in ihrem Inneren Preußin und formuliert das so: „Gebe Gott, daß das Verheerungswerk jetzt schnell zu Ende geführt werde. (...) Die brillanten und glorreichen Erfolge unseres edlen ‚Volkes in Waffen' können nie meine Meinung über Bismarck ändern. Der Krieg bleibt für mich ein Frevel, herbeigeführt durch den Leichtsinn und Mutwillen dieses einen Mannes, nicht durch die Notwendigkeit der Verhältnisse."

Als könne sie in Bismarcks Gedanken lesen, schreibt sie am Schluß: „Dein Papa ist seinem Volke enorme Vorteile für die furchtbaren Opfer schuldig." Und dann: „Wer weiß, ob wir nicht einen dritten Krieg werden führen müssen, um das zu erhalten, was wir jetzt gewonnen."

Bismarck, seit Beendigung des „Deutschen Krieges" auch Kanzler des Norddeutschen Bundes, zu dem sich 22 Staaten und Freie Städte nördlich der Mainlinie zusammengeschlossen hatten, schließt denn auch einen dritten Krieg nicht aus. Der spätere Reichsgründer hatte erreicht, was er wollte: Österreich war als Mitgestalter deutscher Politik „herausgesiegt" worden. Dabei war es ihm gelungen, Wilhelm I. und von Moltke, den Chef des Generalstabs, davon abzuhalten, nach der Schlacht bei Königgrätz nach Wien zu marschieren und Österreich für den verlorenen Krieg bezahlen zu lassen.

Um Österreich ohne die geringste Kriegsentschädigung davonkommen zu lassen, weil er eine spätere Allianz Österreichs mit Frankreich fürchtet, gerät Bismarck im preußischen Hauptquartier mit dem König in einen Streit. Dieser bringt den Ministerpräsidenten an den Rand eines Selbstmords. So jedenfalls wird es

Die preußische Thronfolgerfamilie wird 1866 anläßlich des Geburtstages von Wilhelm vom Königspaar empfangen, mit dabei der jüngste Sohn Sigismund.

von Bismarck später behauptet. Offenbar in einer der schwersten Stunden seines Lebens, in der seine ganze Politik zusammenzubrechen droht, sucht er Unterstützung beim Kronprinzen und findet sie. Fritz gelingt es, seinen Vater umzustimmen und mit Bismarck zu versöhnen.

Bismarck schont auch die süddeutschen Staaten, die sämtlich gegen Preußen gekämpft hatten, gestattet ihnen, sich wie die Staaten im Norden zu einem süddeutschen Bund zusammenzuschließen. Allerdings mit der Ver-

pflichtung, Preußen im Kriegsfall zur Seite zu stehen. Man kann davon ausgehen, daß der Krieg mit Frankreich, wie er schließlich 1870 ausbrach, von Bismarck einkalkuliert war. Immer für den Fall, daß politische Möglichkeiten nicht greifen, um Preußens neue Vormachtstellung in Mitteleuropa dauerhaft zu sichern. Selten ist dann ein Krieg aus einem läppischeren Anlaß ausgebrochen. Doch davon später.

All das bewegt Vicky plötzlich kaum noch. Sie trifft ein Schlag, der sie in tiefe Verzweiflung stürzt. Eine Verzweiflung, die man von der durch ihre Natur und Erziehung so sehr gefestigten jungen Frau nicht erwartet hätte. Am 4. Juni 1866 hatte Vicky von Fritz Abschied genommen. Einen Tag später schon ist ihr zweijähriger Sohn Sigismund unruhig, bekommt Weinkrämpfe, schläft nicht und verweigert das Essen.

Vicky glaubt zunächst, daß Sigi zahnt. Als sich keine Besserung einstellt, der Zustand des Jungen sie zu beängstigen beginnt, sucht sie ärztlichen Rat. Der ist in Potsdam in diesen Tagen schwer zu finden. Ihr Leibarzt Wegner und mit ihm alle übrigen Hofärzte sind bei der Armee. Ein offenbar nicht sehr kenntnisreicher Mediziner nimmt sich des Kindes an, ohne die Ursache der Erkrankung zu erkennen. Sigi windet sich „in entsetzlichen Krämpfen". Nach zwei Wochen gibt der Zweijährige den Kampf auf. Er stirbt am 18. Juni an Hirnhautentzündung.

Ihrer Mutter schildert Vicky die letzten Stunden ihres Jungen: „Ihn so grausam leiden zu sehen, ihn sterben zu sehen und seinen letzten kläglichen Schrei zu hören, war eine Pein, die ich nicht beschreiben kann. Es verfolgt mich Tag und Nacht."

Königin Augusta, Vickys Schwiegermutter, reist sofort zu Fritz in dessen Hauptquartier, um ihm die Todesnachricht zu überbringen. Vicky kann es kaum fassen, als sie erfährt, daß Fritz nicht zum Begräbnis seines Sohnes nach Potsdam kommt. Obschon ihm der König die Reise genehmigt hatte. Ein erster Schatten fällt auf das eheliche Glück. Fritz läßt Vicky wissen, er stehe „im Dienst des Vaterlandes". Er würde es sich nie verzeihen können, wäre er „bei einem Angriff nicht auf seinem Posten". Sie schreibt Fritz zurück: „In Dir ist jetzt wohl nur der Soldat lebendig."

In der Tochter Queen Victorias bricht nun wieder jene Härte durch, die Selbstmitleid nicht zuläßt. Ganz wieder bei sich selbst, läßt sie den Vorraum der Friedenskirche in Potsdam mit Teppichen, Bildern und vielen hundert Blumen schmücken. In deren Mitte ist der kleine Sarg gebettet. Vicky wird die einzige sein, die während der ganzen Trauerfeier nicht mit den Tränen kämpft. Ihr Schmerz sitzt tief, jenseits aller Tränen.

Zwei Wochen nach Sigis Begräbnis flüchtet Vicky „vor der Gefahr, daß ich den Verstand verliere", mit ihren Kindern, einschließlich der gerade zwei Monate alten Prinzessin Victoria, nach Heringsdorf an die Ostsee. Sie sucht in ihrem Schmerz Hilfe bei der Mutter. Gleichzeitig entschuldigt sie sich, daß „ich Dich mit meinem Kummer langweile". Sie bemühe sich um andere Gedanken, doch komme sie immer wieder auf das kleine Gesichtchen in seinem „letzten Kampf".

Dann erreicht ein Brief die Queen, auf den diese fast empört reagiert: „Ich würde", hatte Vicky geschrieben, „Haus, Heim, Zukunft und alles aufgeben, wenn ich dafür meinen lieben, kleinen Jungen zurückbekäme". Darauf die Queen, die die Liebe zu ihrem Mann, Prinz Albert, stets über die Liebe zu ihren Kindern gestellt hat: „Es heißt die Vorsehung herausfordern! Denke doch, was ist ein Kind im Vergleich zu einem Gatten!"

Vicky überzeugt das nicht. Sie formt ein Abbild ihres verlorenen Kindes zu einer Wachsfigur und legt sie in sein Bettchen. Neben dem Bett stehen die Schuhe. Daneben eine silberne Rassel und der Ball. Alles so, als hätte Sigi es spielend dahingeworfen. Später wird sie im Schloß ein kleines Zimmer einrichten, das bis ins Detail dem Sterbezimmer Sigis gleicht.

Der Tod Sigismunds ist erst ein Wetterleuchten vor vielen dunklen Tagen im Leben der Kronprinzessin. Die bitteren Jahre haben erst ihren Anfang genommen.

Der bittere Weg zum Thron

Das Kronprinzenpaar Fritz und Vicky um 1865

„Ich habe nie nach Kriegsehren gestrebt, ohne Neid hätte ich solchen Ruhm jedem anderen überlassen, und es wird gerade mein Schicksal sein, aus einem Krieg in den anderen, von einem Schlachtfeld über das andere geführt zu werden und in Menschenblut zu waten, bevor ich den Thron meiner Vorfahren besteige. Das ist ein hartes Los."

(Kronprinz Friedrich Wilhelm von Preußen am 6. August 1870 zu Gustav Freytag im Hauptquartier der Dritten Armee nach der Schlacht von Wörth)

Man kann die Spekulation wagen, daß Vicky vielleicht nie deutsche Kaiserin geworden wäre, hätte Spaniens Königin Isabella II. nicht den falschen Mann geheiratet. Der trug in der Hochzeitsnacht mehr seidene Spitze als Isabella. Ums wahre Eheglück betrogen, versucht sie ihre Leidenschaften durch reichliches Essen und wechselnde Liebhaber zu stillen. Das erstere läßt sie alle Kleider sprengen. Die Liebschaften machen sie schamlos. Was sie den Thron kostet. Nachdem sie ihren letzten Galan, den Sohn einer Köchin und eines Schauspielers, zum Minister gemacht hatte. Das Volk revoltiert und jagt Isabella davon.

Nun beginnt ein Spiel der Weltgeschichte, an dessen Ende Frankreichs Kaiser Napoleon III. Krone und Land verliert. Ein anderer, der König von Preußen, wird eine Kaiserkrone gewinnen, die er nur grollend annimmt, und eine Prinzessin englischer Geburt wird kaiserliche Kronprinzessin und 17 Jahre später deutsche Kaiserin.

Doch nun der Reihe nach: 1870 sucht der spanische Premierminister Juan Prim für Isabella einen Nachfolger auf Madrids Königsthron. Seine Wahl fällt schließlich auf Prinz Leopold von Hohenzollern-Sigmaringen, dem Sproß einer hohenzollerschen Nebenlinie und ein entfernter Verwandter des preußischen Königs Wilhelm I. Er dient in Preußens Armee und kann sich Besseres vorstellen als die Krone eines aufsässigen Volkes. So lehnt er dankend ab. Zur Freude Wilhelms, der keinen Ärger mit Frankreich haben will. Zum Mißvergnügen Otto von Bismarcks. Ihn treibt die Sorge um, Frankreichs Kaiser, der sich im Vorfeld des Deutschen Krieges von 1866 von Bismarck getäuscht glaubt, könnte sich dafür mit einem Krieg gegen Preußen rächen, um so das durch das Ausscheiden Österreichs aus der deutschen Politik veränderte europäische Machtgefüge wieder zu korrigieren.

Da kommt Bismarck das Angebot, einen Hohenzollernprinzen auf Spaniens Thron zu setzen, vor wie Fortunas persönlicher Händedruck. Frankreich müsse in einem solchen Fall Truppen nicht nur am Rhein, sondern auch an der Grenze zu Spanien stationieren. Was aus seiner Sicht den Franzosen die Lust am Krieg, an der „Rache für Sadowa" – französisch für Königgrätz – mindern werde.

So nimmt er all sein Geschick zusammen – und er hat davon reichlich –, um Leopolds Vater Karl Anton auf die Thronkandidatur seines Sohnes einzustimmen. Als dann der väterlicherseits bedrängte Prinz nun die Krone annehmen will, da stimmt auch Wilhelm I. „schweren, sehr schweren Herzens" zu.

Es geschieht, was geschehen mußte: In Paris ist man bestürzt. Dann wird man richtig böse. Frankreichs Außenminister Duc de Gramont wettert: Man werde es nicht dulden, „daß eine ausländische Macht einen ihrer Prinzen auf den spanischen Thron setzt" und so das europäische Gleichgewicht störe. Für Wilhelm I. ist der Thron von Madrid aber nach wie vor keinen Krieg mit Frankreich wert. So ermuntert er den Prinzen, die Krone ein zweites Mal abzulehnen. Der tut das mit Vergnügen. Wilhelm, ebenso wie Fritz und Vicky, zeigt sich erleichtert. Vicky schreibt an ihre Mutter: „Gott sei Dank scheint nun doch ein guter Ausgang der Sache möglich." Der Thronverzicht des „Leopold Hohenzollern ist unter den Umständen das Beste, was er tun konnte".

Vermutlich dachte Bismarck, der wegen dieser plötzlichen Wende der Dinge einmal mehr mit seinem Rücktritt droht, in diesen Tagen um den 13. Juli 1870 noch nicht an einen Krieg gegen Frankreich. Daß dieser Krieg, den er im Gegensatz zum Krieg von 1866 gegen Österreich nicht geplant, wohl aber befürchtet hatte, nun beinahe über Nacht „sein Krieg" wird, geschieht zunächst ohne sein Zutun.

Napoleon III. – im Überschaum seines Zorns – reagiert, statt sich zu freuen, mit einem Eklat. Er schickt seinen Berliner Botschafter Vincent Graf Benedetti nach Bad Ems, wo der 73jährige König zur Kur ist. Er soll Wilhelm die Forderung Frankreichs überbringen, sich für die spanische Thronaffäre öffentlich zu entschuldigen. Außerdem soll Wilhelm verbindlich und für alle Zeiten erklären, daß er einer Thronkandidatur eines Hohenzollern niemals zustimmen werde.

Das trifft den empfindlichsten Nerv des preußischen Königs: sein gut ausgebildetes Ehrgefühl. Schroff weist er die Forderung zurück. Danach berichtet er in einem Telegramm an Bismarck über den Inhalt des Gesprächs. Das Telegramm, die berühmte „Emser Depesche“, es wird in den Händen des preußischen Ministerpräsidenten zur „kritischen Masse“, die in einer Art Kettenreaktion den ersten Volkskrieg der Neuzeit auslöst und Zehntausende auf Frankreichs Schlachtfeldern sterben läßt.

Bismarck hatte sich nach Durchlesen der Depesche seines Königs beim preußischen Generalstabschef Helmuth von Moltke und bei Kriegsminister Albrecht von Roon nach den Chancen Preußens in einem Krieg mit Frankreich erkundigt. Als Moltke erklärt, daß der Zeitpunkt dafür günstig sei, weil man damit einer französischen Heeresreform zuvorkomme, da erst entschließt sich Bismarck zum Krieg, vorausgesetzt allerdings, die Kriegserklärung

komme von Frankreich. Um das zu erreichen, kürzt er den Telegrammtext Wilhelms so ab, daß die Worte des Königs für Frankreich wie eine Beleidigung klingen müssen. Diesen verkürzten Text übermittelt er sofort allen preußischen Gesandtschaften und der Presse.

Der Kanzler des Bundes, der in der Diplomatie das Spiel mit drei Bällen so perfekt wie niemand sonst beherrscht, hatte richtig kalkuliert: Am nächsten Tag verlangen die Pariser Zeitungen den Krieg, versammeln sich die aufgebrachten Franzosen auf den Boulevards. Sie rufen: „Auf nach Berlin!" Wenige Tage darauf, am 19. Juli 1870, erklärt Frankreich Preußen den Krieg, der nun erst – und nun gewollt – Bismarcks Krieg ist, an dem teilzunehmen – auch das ist Bismarcks Kalkül –, sich die süddeutschen Staaten spontan bereit erklären.

Treffen auf der Promenade von Bad Ems: Wilhelm I. und Frankreichs Gesandter Benedetti

Und Vicky und der Kronprinz? Vicky durchleidet in diesen Tagen schwere Stunden. In einem Brief an Queen Victoria klagt sie „über schreckliche Kopfschmerzen" und über ein „hysterisches Gefühl". Die Aufregung der Auseinandersetzung mit Frankreich, „die Angst der letzten Tage hat mich ganz aus der Fassung gebracht". Sie beginnt sich in eine Panik hineinzusteigern. Ist sie doch – wie fast alle Europäer in diesen Tagen – überzeugt, daß die französische Armee der preußischen ebenso wie den Armeen der süddeutschen Staaten und des Bundes weit überlegen ist.

„Frankreich ist gut vorbereitet", schreibt sie, „und wir ganz und gar nicht." Im Gegensatz zu Bismarck, Moltke und Roon glaubt sie, Frankreich habe „keinen besseren Moment für sich und keinen schlechteren für uns wählen können". Der Kronprinz hingegen läßt sich von Moltke überzeugen, daß die deutschen Chancen, den Krieg zu gewinnen, optimal sind. Er arbeitet die Kriegspläne mit aus.

Zuvor aber gab es eine seltene Szene zwischen Wilhelm I. und seinem Sohn. Der König war aus Bad Ems zurückgekehrt, zutiefst davon überzeugt, daß allein die Franzosen die Schuld an diesem Krieg tragen. Noch auf dem Bahnhof läßt er durch den Kronprinzen die Mobilmachung bekanntgeben. Danach umarmen sich Vater und Sohn vor der jubelnden Menge. Arm in Arm fahren sie durch die Straßen der Stadt, den ganzen Weg über begleitet von Hochrufen der Berliner.

Vicky beeindruckt das alles nicht. Sie bleibt niedergeschlagen und voller Skepsis. Hinzu kommt ihre körperliche Labilität. Einen Monat vor Kriegsausbruch hat sie am 14. Juni in Potsdam ihr siebtes Kind geboren. Es ist ein Mädchen, dem man den Namen Sophie gibt, und die einmal an der Seite Konstantins Königin von Griechenland sein wird.

Kriege beginnen mit Tränen. Mit den Tränen des Abschieds. Und sie beginnen mit Ängsten. Es sind die Ängste der Ungewißheit eines Wiedersehens. Auch die Kronprinzessin durchleidet jenen Tag und jene Nacht des 26. Juli 1870 mit der Angst um die Rückkehr ihres Mannes aus einem Krieg, den sie schon vor seinem Beginn als verloren glaubt. Fritz verläßt Potsdams Neues Palais im Morgengrauen – noch bevor Vicky erwacht. Am Abend zuvor hatte sie lange auf die Rückkehr ihres Mannes aus Berlin gewartet. Dann aber überkam sie doch der Schlaf, bevor Fritz zurückkam.

Als sie am Morgen aufwacht, liegt auf ihrem Nachttisch die Nachricht von Fritz, daß er auf dem Weg zu seiner Armee sei. „Ich habe uns ein schweres Lebewohl ersparen wollen“, schreibt er. Es sind nur wenige Worte, die er zurückläßt. Doch es sind Worte einer großen, zärtlichen Liebe, die sich offenbar nicht aufzuzehren vermag. Es sind Worte, die gefühlt sind, bevor sie das Papier erreichen, auf dem sie geschrieben wurden. Worte, auch wie die der Kronprinzessin an ihre Mutter: „Der Gedanke, uns den schweren Abschied zu ersparen, war so gut und doch fühle ich mich jetzt, als würde mir das Herz brechen – er ist weg, ohne einen Kuß oder ein Wort des Abschieds, und ich weiß nicht, ob ich ihn je wiedersehen werde.“

Was nun folgt, der Deutsch-Französische Krieg mit seiner Kaiserproklamation im Spiegelsaal von Versailles, füllt ganze Wände der historischen Archive. Bemühen wir also den Zeitraffer, um zusammenzufassen, ohne die großen Augenblicke dieses Weltgeschehens zu vergessen.

Fritz kommandiert die Dritte Armee, die vor allem aus Soldaten der süddeutschen Staaten besteht. Von ihnen stürmisch als ihr Armeeführer begrüßt, wird er bald zum Abgott seiner Streitmacht, die in der siegreichen ersten großen Schlacht bei Wörth schwere Verluste hinnehmen muß. Lassen wir Vicky darüber berichten. Die Angst um Fritz ist ihrem Stolz auf ihn gewichen. So schreibt sie ihrer Mutter: „Ich war dankbar, daß der liebe Fritz der Sieger war. Ich weiß, wie qualvoll und schrecklich für ihn der Krieg ist (...) andererseits weiß ich, daß man ihn für unseren besten Führer hält." Sie klagt, man habe „es nicht für nötig erachtet", seinem Stab die besten Offiziere zuzuteilen, sondern dem Prinzen Friedrich Karl und dessen Armee. Und dann ist sie wieder ganz die liebende Ehefrau: „Er ist immer ruhig und gelassen und entschlossen, und da er keinen Ehrgeiz für sich selbst hat, denkt er nur daran, was am besten ist, nicht was am besten wirkt."

Militärisch betrachtet, kann man den Kronprinzen, der nach der Schlacht von Wörth noch rechtzeitig mit seiner Armee in die Entscheidungsschlacht von Sedan, der kleinen Stadt an der Maas, eingreifen kann, als den herausragenden Armeeführer bezeichnen. Bei Sedan ergibt sich Frankreichs Kaiser am 2. September 1870 mit 83 000 Mann den deutschen Armeen. Nur zwei Sätze lang ist die letzte Note Napoleons III. an den König von Preußen:

„Monsieur mon frère,

da ich nicht in mitten meiner Truppen sterben konnte, bleibt mir nur noch meinen Degen in die Hände Ihrer Majestät zu legen. Ich bin Ihrer Majestät guter Bruder, Napoleon."

Es ist der Kronprinz, der seinem Vater rät, Napoleon in einem kleinen Kreis zu empfangen, um ihm die Demütigung der Übergabe seines Degens vor den Augen seiner besiegten Soldaten zu ersparen. Wilhelm lobt dabei die Tapferkeit der Franzosen.

Fritz schreibt danach in sein Tagebuch, Napoleon habe sich unter Tränen bei ihm bedankt für das wohlwollende Entgegenkommen des preußischen Königs. „Ich kann nicht leugnen, daß es mich dauerte", schreibt Fritz. Sei auch die Strafe gerecht, die er „für seinen Übermut" bekommen habe, dürfe man mit Unglücklichen „immer menschlich fühlen, auch wo der Verstand Härte gebietet".

Man mag bei solchen Sätzen der Versuchung kaum widerstehen, sich die Frage zu stellen: Wie wäre wohl der Weg Deutschlands mit diesem Prinzen auf dem Kaiserthron verlaufen? Hätte Fritz nach dem Tod seines Vaters nicht nur 99 Tage, sondern vielleicht 20 Jahre regiert?

Den Degen übergeben: der besiegte Napoleon III. und Preußens König Wilhelm I.

Vicky zieht aus der Niederlage Napoleons gegenüber ihrer Mutter die nüchterne Bilanz: „So ein Sturz ist etwas Trauriges, aber er hat auch den Zweck, äußerst lehrreich zu wirken. Mögen wir alle lernen, wohin Leichtsinn, Eitelkeit und Sittenlosigkeit führen." Der Queen scheint das Ende des französischen Kaisers wie „ein Urteil des Himmels". Für die „sehr schuldige französische Regierung" sei es die „gerechte Strafe". Ebenso „für ein leichtfertiges, hochmütiges Volk".

Und Vicky zeigt einmal mehr, wie preußisch sie geworden ist. Lesen wir mit einiger Verwunderung die folgenden Sätze einer Frau, die einmal sogar das Ständige-in-Reitstiefeln-durch-den-Tag-Stolzieren preußischer Männer eine Unsitte nannte: „Es ist mir eine große Genugtuung, daß die Eigenschaften der Preußen, ihre Disziplin, ihre Sitten usw. jetzt anerkannt und in ihrem wahren Licht gesehen werden, daß ihre Überlegenheit mit Freude und Stolz zur Kenntnis genommen wird."

Und als sie über Paris schreibt, das nun von deutschen Truppen belagert wird, da geht mit ihr die Puritanerin, die Moralistin durch. Vernehmen wir mit Staunen: „Fröhliches und bezauberndes Paris! Welches Unheil eben dieser Hof und noch mehr das so überaus anziehende Paris in der englischen Gesellschaft angerichtet haben (...) Welchen Schaden bei unseren zwei ältesten Brüdern" – gemeint sind ihre Brüder Bertie und Affie (Prinz Alfred) – „und bei der jungen und brillanten Londoner Aristokratie!"

Dann ist sie wieder ganz die Engländerin: „Unsere Armut, unsere langweiligen Städte, unser mühseliges ernstes Leben hat uns stark und entschlossen gemacht. Es ist gut für uns. Ich wäre bekümmert, würden wir Paris nachah-

men und uns so dem Vergnügen hingeben, daß keine Zeit bliebe zur Selbsterforschung und für ernste Gedanken."

Die Mutter in London antwortet: „Deine zwei älteren Brüder wurden von dem schrecklichen Paris verführt. Der „frivole und sittenlose Hof" habe der englischen Gesellschaft entsetzlichen Schaden zugefügt. Beängstigend nennt die Queen die „Extravaganz und den Luxus, das völlige Fehlen von Ernsthaftigkeit und Prinzipien in allem". Dazu die „vielen Verbrechen", das alles seien die Zeichen „einer Verderbtheit, die zerfallen und zugrunde gehen mußte".

Trotz allem bedauern Vicky und ihre Mutter das Schicksal der Kaiserin Eugénie. Sie konnte, nachdem der Kaiser gestürzt und in Paris die Republik ausgerufen worden war, mit viel Glück nach England fliehen.

Die Kaiserproklamation im Spiegelsaal von Versailles 1871

Während um Paris die deutschen Kanonen donnern, kommt im Schloß von Versailles, wo sich die deutschen Fürsten versammelt haben, das „Deutsche Reich" unter schweren Geburtswehen zur Welt. Es ist Bismarcks Einfall, den Zusammenschluß des Norddeutschen Bundes mit den süddeutschen Staaten „Deutsches Reich" zu nennen, das zweite der deutschen Geschichte, und ihm einen deutschen Kaiser an die Spitze zu setzen.

Sebastian Haffner schreibt dazu in seinem viel beachteten und viel gelesenen Buch „Preußen ohne Legende": Es sei „genial – aber zugleich paradox: Preußen als Reichsgründer!" Das sei, „wenn man es historisch betrachtet, eine beinahe so phantastische Vorstellung, wie Luther als Papst". So oder ähnlich mag auch der preußische König gedacht haben. Er spricht einen Tag vor der Kaiserproklamation von Abdankung, meint, „Fritz soll das machen. Der ist mit ganzer Seele bei dem neuen Stand der Dinge". Er mache sich nicht ein Haarbreit aus dem Kaisertitel. Für ihn steht fest – diesmal ist er wohl weitsichtiger als Bismarck –, der Kaisertitel werde den preußischen Königstitel verdunkeln. Aus einem König von Gottes Gnaden werde ein Kaiser von der Gnade deutscher Fürsten. Unter Tränen klagt er: „Morgen ist der unglücklichste Tag meines Lebens. Da tragen wir das preußische Königtum zu

Grabe." Haffner: „Mit der Kaiserproklamation in Versailles am 18. Januar 1871, auf den Tag genau 170 Jahre nach der Krönung des ersten preußischen Königs in Königsberg, begann Preußens langes Sterben."

Hatte Bismarck seine Gabe der Voraussicht eingebüßt oder war er von der prägenden Kraft Preußens so überzeugt, daß er glaubte, Deutschland werde in Preußen aufgehen, statt Preußen in Deutschland? Wilhelm jedenfalls verweigert seinem Ministerpräsidenten die Hand zur Gratulation, nachdem er durch den Großherzog von Baden als „Kaiser Wilhelm" ausgerufen worden war.

Zurückhaltend zeigt sich Bismarck, der künftige Reichskanzler, in der Behandlung des besiegten Frankreichs. Er plädiert für schonende Friedensbedingungen, um eine schnelle Versöhnung zu erreichen, statt eine lange und bedrohliche Feindschaft. Straßburg und Teile des Elsaß hätten ihm genügt, um so das „Einfallstor" der Franzosen nach Deutschland zu schließen. Doch setzen sich von Moltke und Wilhelm I. mit harten Forderungen durch.

Im Vertrag von Frankfurt am 10. Mai 1871 muß Frankreich das Elsaß und große Teile Lothringens an Deutschland abtreten. Dazu wird es fünf Milliarden Francs als Kriegsentschädigung zahlen müssen.

Vicky und der Kronprinz sind über die Friedensbedingungen empört. Vicky glaubt, daß Bismarck dafür verantwortlich ist, und Fritz sagt voraus: „Wir werden nun nicht mehr als die unschuldigen Opfer eines Unrechts betrachtet, sondern vielmehr als arrogante Sieger." Hätten doch beide einmal mit Bismarck gesprochen. Um festzustellen, wie nahe sie bei der Behandlung Frankreichs einander waren.

Es ist das Vorrecht des Erzählers, mit der Zeit so umzugehen, wie er es dramaturgisch für angebracht hält. Deshalb machen wir einen Sprung zurück in das Jahr 1866, wenige Monate nach dem Sieg Preußens über Österreich. Da gibt es im Zusammenhang mit der bevorstehenden Vermählung der dänischen Prinzessin Dagmar, der Schwester von Alix, Prinzessin von Wales und Ehefrau Edwards, Gewitterwolken über dem Familienfrieden im englischen Königshaus. Bertie und noch unversöhnlicher Alix legen gegenüber dem Kronprinzen und Vicky eine fast feindselige Haltung an den Tag.

Dagmar aus Dänemark soll also den russischen Zarewitsch, den späteren Alexander III., heiraten. Vicky kommentiert das so: „Da wird um ein junges Leben verhandelt." Alexander wolle überhaupt nicht heiraten und die dänische Prinzessin schon einmal gar nicht. Die hatte seinen Bruder geliebt, der starb, bevor man vor den Traualtar treten konnte. Vicky – rußlandfeindlich seit Kindheitstagen – will keineswegs nach Rußland, rät auch Fritz davon ab. Er reist erst, als die Queen meint, Fritz sollte dies auf alle Fälle tun, damit er auf den vergnügungssüchtigen Schwager Bertie ein wachsames Auge hat.

Vicky beklagt sich am Tag der Abreise von Fritz nach Petersburg über ihre Brüder. Sie wisse, daß sie „keine Freundschaft übrig" hätten für Fritz. Sie würden sich in seiner Gesellschaft sehr schnell langweilen. Sie fürchte deshalb, Bertie werde Fritz in St. Petersburg so gut er könne aus dem Weg gehen, so daß es schwer sein werde, auf ihn aufzupassen. Dann folgt der schlimme Satz: „Ich weiß ganz gut, daß die Gefühle der Engländer zur Zeit gegen uns sind. Ich bebe vor Angst, daß etwas Unerfreuliches geschehen kann." Es geschieht nichts Unerfreuliches.

Im Jahre 1868 wird Vickys sechstes Kind – ein Junge – geboren. Er wird auf den Namen Waldemar getauft. Am 25. Januar 1868 jährt sich zum zehnten Mal der Hochzeitstag des Kronprinzenpaares. Ein „unverdientes großes Glück" nennt Vicky diese zehn Ehejahre. Ihre Bilanz: Die Zeit sei „nicht ohne Prüfungen und Sorgen" gewesen. Solange es aber Gott gefalle, daß sie „sie zusammen verbringen, wird keine Last so schwer sein, daß wir sie nicht tragen können". Sie ahnt nicht, wie schwer diese Last einmal sein wird. Noch sind es die kleinen Sorgen, Alltäglichkeiten beinahe, die Kummer machen. So wartet sie fünf Monate, bevor sie ihrer Mutter in London und ihrer Schwiegermutter, der Königin Augusta, mitteilt, daß sie wieder schwanger ist.

Beide, Mutter und Schwiegermutter, sind seit langem verärgert, daß sich Vicky im Kinderkriegen keine Pause gönnt. Vickys Mutter, weil sie sich um die Gesundheit ihrer Tochter sorgt. Die Schwiegermutter, weil Vicky ihren vom Protokoll vorgeschriebenen Dienst bei der Königin zu oft wegen Schwangerschaft und Geburt unterbrechen muß. Betrachtet man es ironisch und etwas weit hergeholt, könnte man meinen, Vicky hätte schon aus diesem Grund den Zwei-Jahres-Rhythmus der Geburtenfolge eingehalten. Vicky und Augusta leben seit Jahren in einem nicht erklärten Krieg.

Noch mehr als über die zu dicht aufeinander folgenden Schwangerschaften empört sich Englands Königin über „die gräßliche Vorliebe" ihrer beiden Töchter, Vicky und Alice, „ihre Kinder selbst zu stillen". Wie stets, wenn die Queen sich richtig ärgert, findet sie dafür drastische Worte: „Mir stehen die Haare zu Berge, wenn ich daran denke, daß meine zwei Töchter zu Kühen werden!"

Das Jahr 1868 endet glücklich. Die Kronprinzenfamilie darf mit dreien ihrer Kinder und mit dem Segen des preußischen Königs Weihnachten in England verbringen.

Doch auch dieses Glück ist nicht ungetrübt. Ein Brief Wilhelms I. an die Queen platzt in die Festtagsstimmung. Wilhelm beklagt sich darin bitter darüber, daß Sohn und Schwiegertochter ihre gesellschaftlichen Pflichten als Kronprinzenpaar nicht ernst nehmen. Er greift zu einer Lappalie, um das zu untermauern: Die Kronprinzessin bestehe darauf, bei ihren Ausfahrten weniger als vier Pferde anspannen zu lassen.

Victoria kontert. Sie schreibt protokollarisch korrekt dem „lieben Bruder" bezüglich der gegen die Hofgepflogenheiten verstoßenden Vicky bei ihren Kutschfahrten: „Ich überlasse es hier unserer Schwiegertochter (gemeint ist Alix) ganz ihren Wünschen und in jedem Fall ist es heutzutage fast überall aus der Mode gekommen, mit vier Pferden zu fahren."

Als Vicky zu Beginn des Jahres 1869 nach Berlin zurückgekehrt ist, schreibt sie ihrer Mutter: „Es gibt nichts, was sich die Leute nicht über mich erzählen, besonders Bismarck." Der setzt in diesen Jahren, vor Ausbruch des Deutsch-Französischen Krieges, ganz gezielt den Kronprinzen bei Auslandsreisen ein. Ist er ihm im Lande zu liberal, seiner Politik gegenüber zu gegensätzlich, so ist ihm das im Ausland gerade recht.

Er braucht nach Königgrätz der Welt gegenüber das Bild eines friedliebenden, aufgeschlossenen Preußens. Wofür Fritz geradezu die Symbolfigur ist. Das gilt auch für die Teilnahme des Kronprinzen an der Einweihung des Suezkanals – ohne Vicky. Sie bleibt – aus Kostengründen (man ist in Preußen) – zu Hause. Wenn auch nicht ganz. Für ein paar Wochen reist sie mit ihrer Schwester Alice und ihren beiden Söhnen Wilhelm und Heinrich nach Cannes und quartiert sich dort im Grand Hotel ein.

Beide Schwestern brauchen dringend Erholung. Vicky haben die Strapazen in Berlin und Potsdam außerordentlich zugesetzt. Und die arme Alice schleppt sich mit einer chronischen Rheumaerkrankung und einer äußerst schmerzhaften Neuralgie herum.

Fritz und Prinz Ludwig von Hessen, der Schwager des Kronprinzen und Alices Ehemann, treffen rechtzeitig zum Weihnachtsfest aus Ägypten in Cannes ein. Gleich danach geht es nach Paris, wo Napoleon III. und die noch immer schöne Kaiserin Eugénie sie mit so großer Herzlichkeit empfangen, daß man kaum glauben mag, daß nur wenige Monate danach dieser Kaiser in Gegenwart dieses Kronprinzen weinend seinen Degen in die Hand des preußischen Königs legen wird.

Da sind wir wieder dort, wo wir angefangen haben, beim Deutsch-Französischen Krieg. Und schließen das Kapitel mit diesem Bild:

Es ist der 16. Juni 1871. Über Berlin brütet die Hitze. Dennoch säumen eine Million Menschen den Weg des Siegers des Deutsch-Französischen Krieges. Er führt durch das Brandenburger Tor über die Linden zum Berliner Schloß. Riesige Flaggen, Girlanden und Triumphbögen schmücken Preußens Prachtstraße. Auch Hunderte erbeutete Kanonen hatte man zu beiden Seiten aufgestellt.

„Die Hitze des Tages konnte nicht stechender als im Morgenlande sein", notiert der Kronprinz später in seinem Tagebuch. „Jeden Augenblick" seien Leute umgefallen.

Auch viele „sah man von ihren Pferden herniedersinken“. Dazu gehören auch die jüngeren Brüder Wilhelms I., Prinz Karl und Prinz Albrecht.

„Das größte Fest, das Deutschland je gesehen hat“, sagt Vicky. Was Deutschland sieht, ist Wilhelm I., der hinter Moltke, Roon und Bismarck reitet. Ihm folgen Fritz und dessen ältester Sohn, der spätere Wilhelm II. Der Zwölfjährige ist schmächtig. Doch hält er sich trotz seines fast unbrauchbaren linken Arms tapfer auf seinem kleinen gefleckten Pferd.

Einzug der Truppen nach dem Deutsch-Französischen Krieg am 16. Juni 1871 in Berlin

Als der kaiserliche Großvater an dem Enkel vorbeireitet, legt er ihm die Hand auf die Schulter. Er weiß: Dieser Junge wird einmal der Erbe jenes Deutschen Reiches sein, das Bismarck auch für ihn gründete. Dafür war der Kanzler in den Fürstenstand erhoben und mit dem Sachsenwald vor den Toren Hamburgs beschenkt worden. Auch das Großkreuz des Hohenzollern-Ordens mit Diamanten erhält er. „Ein Faß Rheinwein oder ein gutes Pferd wären mir lieber gewesen", ist Bismarcks Kommentar.

Vielleicht wird sich Vicky einmal an dieses Bild des alten Kaisers und seines Enkels erinnern, wenn aus diesem Knaben auf dem kleinen Pferd ein deutscher Kaiser geworden ist, der sie des Hochverrats verdächtigt. Vielleicht wird sie sich dann und sofort wieder hinwegwischend ganz tief in sich die Frage stellen, ob das Schicksal nicht mit Bedacht für Sekunden die Zeit angehalten hatte, als Wilhelm nach der Geburt, die Vicky fast das Leben kostete, nicht zu atmen beginnen wollte.

Die Ungeliebte

Vicky mit ihrem Sohn Wilhelm auf einer Photographie von 1876

„Ich bin Engländerin, Fremde (...) dominiere Dich. (...) kurz nehme nicht die Stellung ein, welche am Berliner Hof für eine Prinzessin allein recht und passend gefunden wird. (...) [eine] Art höhere Kammerfrau, die sich gut anzieht, hübsch aussieht (...) in ihrem eigenen Haus eine Puppe (...) sich nicht erfrecht, sich um ihr Haus oder ihre Kinder zu kümmern und [somit auch] nicht die preußische Erziehung ihrer Kinder (...) verdirbt."

(Preußens Kronprinzessin Victoria im Jahre 1879 in einem Brief an ihren Mann, den Kronprinzen Friedrich Wilhelm)

Vicky wird – den eigenen Familienkreis einmal ausgenommen – nicht geliebt. Obwohl sie den Hohenzollern ein Jahr nach ihrer Hochzeit einen Thronerben geschenkt hat und diesem bis zum Jahr 1872 sieben weitere Geschwister – vier Mädchen und drei Jungen – folgen.

„Erziehe ihn zur Einfachheit." So der Rat der königlichen Mutter in London. Die Queen ist stolz auf ihr erstes Enkelkind.

Sorgenkind seiner Mutter Vicky: der zehnjährige Wilhelm.

Die frühen Jahre dieses letzten Hohenzollern als Träger einer Kaiserkrone wollen wir zunächst aufscheinen lassen. Begeben wir uns deshalb in das Jahr 1874. Das Deutsche Reich, nun unter einem Hohenzollern-Kaiser und mit Otto von Bismarck als Reichskanzler, ist gerade drei Jahre alt. Willy, der Thronanwärter, sitzt seit einem halben Jahr gemeinsam mit 15 Mitschülern in einer Klasse des Friedrich-Gymnasiums in Kassel. Auch sein Bruder Heinrich geht in Kassel zur Schule.

Es ist so etwas wie eine kleine Revolution am preußischen Hof und geschieht gegen den Willen des kaiserlichen Großvaters, daß ein preußischer Thronerbe nicht von Privatlehrern, sondern in einer öffentlichen Schule erzogen wird. Und noch ein Bruch mit der Tradition des Hauses Hohenzollern: Das Kronprinzenpaar nimmt einen promovierten Philosophen, den vom Calvinismus geprägten 39jährigen Georg Hinzpeter, als Erzieher in ihre Dienste und entläßt den der Tradition entsprechenden militärischen Erzieher.

Am Berliner Hof und in Berlins höherer Gesellschaft ist man aufgebracht. Sieht hinter allem die Entscheidung Vickys. Während man den Kronprinzen als in seine Frau vernarrten und als ihr völlig hörigen „Pantoffel-Helden“ betrachtet. Was da mit der Erziehung des Thronanwärters geschehe, sei „gefährlich und ketzerisch“. So wird der Besuch einer öffentlichen Schule sogar zu einer Sünde wider den Glauben.

Aus Kassel schreibt Willy Briefe an seine Mutter. Wofür sich die von ihrer Erziehung her strenge Vicky nicht nur äußerst kühl bedankt. Sie listet in ihren Antworten an den Sohn alle Rechtschreibfehler auf, wirft ihm vor, daß er in Mathematik „schlecht und zurück“ ist. Sie untergräbt – ohne es zu merken – das Selbstwertgefühl des Jungen, wenn sie schreibt: „Du hältst Dich für wunderbar beschlagen. Wir aber glauben, daß Du weit hinter dem zurück bist, wo Du sein könntest.“ Und weiter: „Du hältst Dich in vielen Dingen für viel vollkommener, als Du es tatsächlich bist."

Und Willy? Er reagiert, als habe die Mutter ihn mit ihrer Kritik nicht gemeint: „Es geht mir gut in der Schule. Ich spüre, wie mich die Lehrer mögen und ich mag sie ebenso.“ Und etwas weiter schildert er: „In meiner Klasse habe ich bereits eine gewisse Stellung.“ Seine Mitschüler kämen häufig zu ihm vor den Latein- und Griechischstunden „und bitten mich, es ihnen zu erklären. Was ich selbstverständlich gerne tue“.

Zwei Briefe Willys müssen besonders erwähnt und fast in ganzer Länge zitiert werden. Öffnen sie doch für eine Winzigkeit lang das Innere eines zum Mann heranreifenden Jungen. Sie zeigen aber auch die Hilflosigkeit Vickys im Umgang mit Gefühlen. Etwas, was sie nicht gelernt hat.

„Ich habe ein kleines Geheimnis (...) nur für Dich“, schreibt der 15jährige. „Letzte Nacht träumte ich, daß ich mit Dir und einer anderen Dame spazieren ging.(...) Ihr habt Euch darüber unterhalten, wer die schönsten Hände hätte, worauf die Dame eine ganz plumpe Hand vorzeigte und behauptete, das sei die allerschönste. Mit diesen Worten kehrte sie uns den Rücken“, erzählt Willy weiter. In seiner Wut habe er im Traum den Sonnenschirm der Dame zerbrochen. „Aber Du legtest mir Deinen lieben Arm um die Taille, führtest mich abseits, zogst Deinen Handschuh aus (...) und zeigtest mir Deine liebe schöne

Hand, die ich sofort mit Küssen bedeckte. Ich wünschte, Du würdest dasselbe tun, wenn ich in Berlin abends mit Dir allein bin." Dann beinahe flehentlich: „Bitte schreib mir, was Du von meinem Traum hältst."

Im zweiten Brief geht es erneut um die Hände der Mutter: „Ich habe wieder von Dir geträumt, dieses Mal war ich allein mit Dir in Deiner Bibliothek, und Du strecktest mir die Arme entgegen und zogst mich zu Deinem Stuhl hinab, so daß mein Kopf auf Deinem linken Arm ruhte. Dann streiftest Du Deine Handschuhe ab (...) und führtest Deine Hand sanft an meine Lippen, damit ich sie küssen konnte. Ich nahm augenblicklich Deine Hand und küßte sie, dann umarmtest Du mich herzlich und standst, mir den rechten Arm um den Hals legend, auf und gingst mit mir durch die Zimmer."

Zum Schluß die Bitte, den Traum als ihrer beider Geheimnis zu bewahren und der Wunsch, die Mutter möge, wenn er in Berlin sei, in der Wirklichkeit so sein, „wie Du in den Träumen zu mir warst".

Des späteren Kaisers Jungenträume wiederholen sich. Immer sind es die Hände der Mutter, die im Mittelpunkt stehen. Träume, von denen man nicht weiß, ob sie Tagphantasien des 15jährigen sind.

Vicky geht in ihren Antworten an den Sohn nur sehr kurz auf seine Träume ein. Sie versucht, ihn mit dem Hinweis auf die Schönheit seiner Cousinen, der Töchter ihrer Schwester Alice, abzulenken. Versichert sie ihm zunächst noch, daß es ihr „eine große Freude" sei, wenn die „liebe alte Mama" in seinen Gedanken und Träumen vorkomme, er keinen besseren Freund haben könne als sie, wird ihre Reaktion schließlich verletzend: „Ich ging nicht auf Deinen Traum ein. (...) Er hat aber meine Gefühle in keiner Weise verletzt." Dann diese Worte, die weh tun: „Ich muß nur darüber lachen." Als hätte sie gemerkt, das so allein nicht stehen lassen zu können, fügt sie hinzu: „Von meinen armen Händen kann ich nur sagen, daß sie sehr ungeschickt sind und meist mit Farbe oder Tinte hantieren, wenn sie nicht am Klavier sind oder spinnen oder die Kleinen schrubben."

Was wissen wir Heutigen, die wir das Leben dieses Kaisers in Geschichtsbüchern und Biographien, in Dissertationen und Dokumentationen, in Briefen und ungezählten Zeitungsberichten vor uns ausgebreitet sehen, über

Für ihre Schönheit berühmt, die österreichische Kaiserin Elisabeth, bekannt unter ihrem Rufnamen Sisi. Hier auf einer Photographie von 1869.

das, was die zarten Träume eines Prinzen und das Lachen seiner Mutter in dem empfindsamen Jungen angerichtet haben?

Wir wollen gemeinsam noch ein weiteres Jahr zurückgehen. Nach Wien und zur Eröffnung der Weltausstellung in den letzten Apriltagen des Jahres 1873. Kaiser Franz Joseph und Kaiserin Elisabeth hatten dazu nicht nur das deutsche Kronprinzenpaar, sondern auch den 14jährigen Wilhelm eingeladen. Während Willy sich auf

Wien freut, die Großmutter in London von der Reise Willys abrät, schaudert es Vicky vor dem dauernden An- und Auskleiden. „Das hasse ich am meisten“, klagt sie. Obschon sie die Ausstellung sehr interessiere, fürchte sie sich vor Wien, vor den Zeremonien, den Etiketten, den Kleidern. Der Schein, die Erschöpfung „und die Zeitvergeudung“. All das habe sie „so satt“.

Am Bahnhof in Wien wird das Kronprinzenpaar nicht nur von Österreichs Kaiser empfangen. Es fallen sich dort auch Vicky und ihre Brüder Edward und Arthur in die Arme. Fritz, Vicky und Willy wohnen unweit vom Schloß Schönbrunn. Da sich Willy nicht so sehr in der Öffent-

lichkeit feiern lassen soll, verbringt er viele Stunden mit Erzherzog Rudolf, den um ein Jahr älteren österreichischen Thronerben.

Die Weltausstellung in Wien 1873 war für Vicky die dritte, deren Eröffnung sie miterlebte. Auf dem Holzstich ist die riesige Rotunde des Ausstellungsgebäudes zu sehen.

Verwirrung aber löst bei Willy die Begegnung mit Österreichs Kaiserin aus. Vicky hatte ihm vor der Reise gesagt, daß Sisi als die „schönste Frau Europas“ gelte. Als er vor dieser Schönheit steht, ist er dermaßen fasziniert, daß er vergißt, ihr die Hand zu küssen. Später erinnert sich Wilhelm II., wie er der Kaiserin die Schleppe tragen durfte und wie er sie andächtig bewunderte. „Die hoheitsvolle Haltung der Kaiserin und den herrlich schwebenden Gang. Sie setzte sich nicht, sondern sie ließ sich nieder; sie stand nicht auf, sondern sie erhob sich; sie ging nicht, sondern sie pflegte zu schreiten.“

Willys untersetzte Mutter und Kronprinzessin, die überall durch ihre Art auffällt, sich ohne viel Grazie schnell zu bewegen, vergleicht ihren Sohn mit Österreichs Thron-Aspiranten Rudolf. Der Queen schreibt sie dazu: „Willy ist ein gutes Stück größer und zweimal so breit wie der kleine Kronprinz Rudolf.“ Dieser sei ein schlanker, anmutiger Junge mit sehr guten Manieren. Sie fürchte, „Willy nimmt sich neben ihm wie ein Bär oder ein Schuljunge aus“.

Dieser Thronfolger Rudolf wird an einem Wintertag des Jahres 1889 im Jagdschloß Mayerling neben seiner 17jährigen Geliebten, der Baronesse Mary Vetsera, sterben. Es wird – so scheint heute sicher – Selbstmord der Liebenden gewesen sein. Die Kaiserin Elisabeth stirbt neun Jahre später in Genf an den Messerstichen eines Attentäters, Wilhelm wird Kaiserkrone und Reich verlieren und in Doorn im nieder-

2. Juni 1878: Auf Kaiser Wilhelm I. wird Unter den Linden ein Attentat verübt.

ländischen Exil sterben. Kaiser Franz Joseph trägt man 25 Jahre früher – noch unter Österreichs Kaiserkrone – in die Kapuzinergruft. Franz Josephs Bruder, Mexikos Kaiser Maximilian, stirbt, zum Tode verurteilt, unter den Kugeln eines Exekutionskommandos.

Franz Ferdinand, Kaiser Franz Josephs Neffe, der ihm auf den Thron folgen soll, wird in Sarajevo erschossen und löst mit seinem Tod den ersten weltumspannenden Krieg der Menschheitsgeschichte aus.

In Berlin ringt am 2. Juni 1878 Deutschlands Kaiser mit dem Tod. Der Wirtschaftswissenschaftler Dr. Karl Eduard Nobiling hatte aus dem Fenster eines Gasthofes auf Wilhelm I. gefeuert. Die Schrotkugeln trafen ihn an Wange, Hals und Schulter. Auch die rechte Hand wurde getroffen. Die Kugeln durchschlugen den Helm und streiften die Stirn des Monarchen, der zu verbluten drohte.

Zur Zeit des Attentats, das zweite auf den Kaiser innerhalb weniger Wochen, sind der Kronprinz und Vicky bei Königin Victoria in England. Eilig nach Berlin zurückgekehrt, finden sie Wilhelm in seinem Zimmer. Er ruht – wie stets – auf seinem schmalen Feldbett unter zerrissenen Decken. Der Kopf Wilhelms und die Arme stecken in Verbänden. Das Gesicht ist angeschwollen. Er hat keine Schmerzen, zeigt sogar, daß er die Finger der verletzten Hand wieder bewegen kann.

Vicky stellt fest, wie unbequem er auf seinem Feldbett liegt. Sie überredet ihn und die Ärzte, „zwei schöne englische Bettgestelle aus Messing" heranschaffen zu lassen, berichtet sie ihrer Mutter. Die sieht die Attentäter, den Bäckergesellen des ersten Anschlags, bei dem der Kaiser unverletzt blieb, wie auch den zweiten Täter als „gräßliche Sozialisten". In ihrem Brief an Vicky läßt sie ihrem Zorn freien Lauf: „Glaube mir, wenn man keinen Respekt vor Gott hat – nicht an die Zukunft glaubt – kann man keinen Respekt vor den Höchsten im Lande haben und keine Loyalität empfinden."

Einmal bei ihrer Abrechnung mit den Sozialisten fährt sie fort: „Eine gewisse Autorität kommt von oben und wenn diese mit Füßen getreten wird, und wenn der Klerus – so engstirnig er sein mag – lächerlich gemacht und verunglimpft wird, dann geht alles zugrunde!" Der Schlußsatz: „Bleibt Philosophie ohne Religion, geht ein Land unter! Denk immer daran."

Bismarck erfährt vom Attentat in Friedrichsruh. Er hätte der Queen großen Beifall geklatscht, sie zu seiner Verbündeten im Kampf gegen die Sozialdemokraten im Berliner Reichstag gemacht. Wohlwissend, daß beide Attentäter nicht der Sozialdemokratischen Partei angehören, ja nicht einmal auf nennenswerte Weise mit ihr verbunden sind, sieht Bismarck nun die Gelegenheit, die Fraktion der Sozialdemokraten und der fortschrittlichen Liberalen im Reichstag zu zerschlagen. In Abwesenheit des Kronprinzen, der seinen Vater vertritt, läßt er vom Kabinett die Auflösung des Reichstages beschließen. Fritz bleibt nichts anderes übrig, als dem Kabinettsbeschluß zuzustimmen.

Während in Berlin der europäische Kongreß tagt, um nach dem russisch-türkischen Krieg, der die russische Armee bis vor die Tore Konstantinopels brachte, auf dem Balkan dauerhaft Frieden zu stiften, löst der deutsche Reichskanzler den Reichstag auf.

Sein Sieg durch Neuwahlen aber ist nicht gerade glänzend. Zitieren wir Vicky: „Die Wahlen haben gezeigt, wie groß die ‚Sozialdemokratische' Partei ist." Sie habe, berichtet sie nach London, „keine Angst vor dem, was sie tun werden – nur vor den schrecklichen Fehlern, die die Regierung ständig macht".

Victoria in London wird das nicht gefallen haben. Doch Vicky ist in diesen Wochen nach dem Anschlag auf den Kaiser ganz und gar die Tochter ihres verstorbenen Vaters, des Prinzen Albert: Sie will genau wissen, was es auf sich hat mit dem Sozialismus. Also läßt sie sich „Das Kapital" von Karl Marx herbeischaffen. Liest es und beauftragt danach ihren Freund, Sir M. E. Grant Duff, Mitglied des englischen Parlaments, Marx, der 1849 aus Preußen ausgewiesen wurde, in London zu besuchen und ihr seinen Eindruck zu schildern.

Grant Duff berichtet, der Philosoph im Londoner Exil mache auf den Besucher einen „eher gefälligen" Eindruck. Keinesfalls den „eines Mannes, der gewohnt ist, Babys in ihren Wiegen aufzufressen", was anscheinend die Meinung der Polizei über ihn sei. Seine Sprache sei „die eines wohlunterrichteten, nein, vielmehr gelehrten Mannes". Alles, was er gesagt habe, sei „sehr positiv", wenn auch „leicht zynisch" gewesen. Mit großer Achtung habe er „von Ihrer kaiserlichen Hoheit und dem Kronprinzen" gesprochen. Duff kommt zu dem Ergebnis, er würde den Mitautor des Kommunistischen Manifestes gerne wiedertreffen. Marx, so sein Schluß nach der Begegnung, werde „nicht der Mann sein, die Welt umzustülpen, ob er es wünscht oder nicht".

Am 21. Oktober 1878 wird im Reichstag mit den Stimmen der Konservativen und der Nationalliberalen das sogenannte Sozialistengesetz unter der amtlichen Bezeichnung „Ausnahmegesetz gegen die gemeingefährlichen Bestrebungen der Sozialdemokratie" beschlossen. Mit all seinen Folgewirkungen, vom Versammlungsverbot bis zum Verbot der Verbreitung von Druckschriften. Ausgenommen von den Bestimmungen ist die sozialdemokratische Reichstagsfraktion. Was sie nicht davor schützt, im Wahlkampf massiv behindert zu werden.

Es mag für die Weltgeschichte von geringem Belang sein, wenn Vicky ihre Schwester Alice wegen deren nicht gerade zur Schönheit aufgeblühten Tochter Irene damit tröstet, daß ihr Sohn Heinrich ihr wegen „seiner Häßlichkeit wirklich Kummer" bereite. Er sei „mehr als dreimal so häßlich". Wirkliche Sorgen macht sich Vicky, daß ihre Kinder zu dünn sind. Ist es doch die landläufige Meinung, daß gesunde Kinder dick und übergewichtig sein müssen. Schon, um sie von ihren Körpern zehren zu lassen, sollten sie einmal ernstlich krank sein.

Der Gedanke an die nicht nur in Berlin weit verbreiteten Kinderkrankheiten, wie Lungenentzündung, Scharlach, Diphtherie, Typhus oder Masern, bringt sie mehr als einmal um den Schlaf. Sie schreibt dazu: „Ich werde immer nervös, wenn unser schrecklicher Winter vor der Tür steht. So viele Monate und in der Stadt eingeschlossen." Das sei „wirklich ganz furchtbar" für kleine Kinder mit ihren Hals- und Brustkrankheiten und den „schrecklich ungesunden unkanalisierten Verhältnissen in Berlin". So bettelt sie denn immer wieder den Kaiser an, ihre Kinder in den Wintermonaten aus Berlin herausbringen zu dürfen. Doch das läßt der Kaiser, wenn überhaupt, nur selten zu.

Selbst als in Berlin eine Pockenepidemie ausbricht, innerhalb weniger Tage 300 Kinder sterben, erlaubt der Kaiser nicht, daß sich Fritz, Vicky und die Kinder für eine Zeit auf Schloß Wilhelmshöhe in Kassel zurückziehen. Obwohl das Kronprinzenpaar sich sorgt, daß man auch in Potsdam, in dessen Neuen Palais die Familie den Sommer verbringt, vor der Krankheit nicht sicher ist.

Erst nach langem Zögern und der Behauptung, Potsdam sei sehr gesund, gibt Wilhelm schließlich nach, aber „nicht aus Gründen der Gesundheit, denn das war eine lächerliche Ausrede".

Um die Kinder vor allzu viel höfischem Glanz zu schützen, sie mit den einfachen Dingen des Lebens vertraut zu machen und ihre Freude daran zu erwecken, rich-

ten Vicky und Fritz dafür ein Bauerngehöft in Bornstedt nördlich des Parks von Sanssouci ein. Wieviel Ähnlichkeit doch mit den Großeltern! Auch Friedrich Wilhelm III. und Königin Luise erwarben in der Kronprinzenzeit „für das einfache Leben" einen Landsitz in Paretz, in der Nähe Potsdams. Wie vieles wiederholt sich doch in diesem kaiserlichen Kronprinzenpaar.

Das Gehöft, das man in Bornstedt fand, ist heruntergekommen, wie das ganze Dorf.

Sechs Jahre später, als die Kronprinzenfamilie schon fünf Kinder groß ist, ist aus dem Gehöft ein Mustergut geworden, aus Bornstedt ein Musterdorf. Vicky hatte schon früh zwei Kühe gekauft. Das ist der Beginn einer Milchwirtschaft auf dem Gutshof. Der Garten ist zum Kricketfeld umfunktioniert. Hühner, Enten und Gänse flüchten vor den Ponys der Kinder.

Eine vom Kronprinzenpaar geschaffene Idylle: Gut Bornstedt in Potsdam. Es war ursprünglich von Friedrich Wilhelm IV. 1846 im italienischen Stil errichtet worden.

Das Kronprinzenpaar läßt die Kirche des Dorfes restaurieren, den Friedhof neu anlegen, richtet eine Schule ein, und Vicky gründet eine Nähschule für die Mädchen der Umgebung. Fritz fühlt sich in Bornstedt als Gutsherr. Er wird von den Dorfbewohnern verehrt, ja geliebt. Was ihm in Berlin und Potsdam nicht vergönnt ist. Manchmal erscheint er plötzlich in der Dorfschule, um die Kinder selbst zu unterrichten.

Das macht in Potsdam und Berlin, wie wir wissen, der Hauslehrer Georg Hinzpeter, vor allem, was die Erziehung Willys anbelangt. Es ist eine der umstrittensten Entscheidungen ihres Lebens, die Vicky mit der Anstellung Hinzpeters und seiner Verlobten, Mademoiselle Darcourt, als Gouvernante trifft. Selbst Vickys engster und wichtigster Berater, Ernst von Stockmar, hält Hinzpeter, den Philosophen und Altphilologen, für pädagogisch völlig unbegabt und zeigt sich nach einem Gespräch mit ihm fassungslos. Er nennt ihn „einen harten, spartanischen Idealisten", dessen Ideale aus Stockmars Sicht „völlig unpraktisch sind".

Der praktizierende Calvinist vertritt die Auffassung, schreibt Stockmar, „daß ein König dazu verdammt sei, ein einsames Leben zu führen, ganz der Pflichterfüllung hingegeben". Auf Wilhelm, seinen Schüler, angewendet, heißt das: Willy soll nicht mit anderen Schülern aufwachsen, was Vicky gottlob mit ihrer Entscheidung, den künftigen Kaiser in einer öffentlichen Schule zu erziehen, verhindert. Vieles andere verhindert sie nicht, weil sie

Hinzpeter „für einen Schatz“ hält. „Schrullig“, nennt es Stockmar, wenn Hinzpeter meint, man dürfe ein Kind erst dann in einen Zoologischen Garten mitnehmen, wenn es weiß, „daß Elefanten keine Eier legen“. Stockmar weiter: „Hinzpeter sagt, ein Junge sollte nie das Modell eines Webstuhls zu Gesicht bekommen“, das sei vollkommen unmenschlich. Vielmehr solle er „den Weber in seiner zerrissenen Jacke am Webstuhl sehen“. Stockmars Schlußurteil: „Ich sehe bei ihm eine Neigung, Dinge, die an sich wahr sind, so ins Extreme auszudehnen, daß sie absurd sind!“

Vicky läßt das alles unberührt. An die Queen schreibt sie: „Wir können uns sehr glücklich schätzen, Dr. Hinzpeter gefunden zu haben.“ Und selbst der, der unter Hinzpeters Pädagogik zu leiden hatte, bekundet später in seinen Erinnerungen: „Seine Pädagogik war ganz auf harte, nüchterne Pflichterfüllung und auf Dienen eingestellt.“ Der Charakter müsse nach Hinzpeters Meinung, „durch stetes Entsagen gestählt werden“. Wie das in der Praxis aussah, schildert Wilhelm so: „Kamen die Meiningischen Vettern zu Besuch, so war es meine Pflicht, ihnen gastfreundlich Kuchen anzubieten – selbst aber durfte ich nichts nehmen: Entsagen war die Lösung. Zum Frühstück gab es trockenes Brot.“ Er habe stets das Unmögliche verlangt, um wenigstens „einen großen Grad von Vollkommenheit erreichen zu lassen“.

Unmittelbar neben dem Gut liegt die Kirche von Bornstedt. Sie wurde 1856 von Friedrich August Stüler errichtet und 1881 von Reinhold Persius auf Geheiß des Kronprinzenpaares erweitert.

Nachhilfe gab es dabei, wie Wilhelms Schwester Victoria, die man Moretta ruft, vermutet, mit dem Rohrstock. Diese Moretta wird im Jahr 1916, als Prinzessin von Schaumburg-Lippe früh verwitwet, einen Alexander Zoubkoff heiraten. Die russisch-orthodoxe Trauung findet in Bonns Palais Schaumburg statt, in jenem Saal, in dem später Konrad Adenauer seine Kabinettsitzungen abhalten wird. Zoubkoff, ein russischer Emigrant, hatte sich vorher unter anderem in Berlin als Eintänzer durchgeschlagen. Er bringt das Palais unter den Hammer. Die Prinzessin lebt danach zurückgezogen in einem Bonner Damenstift.

Bleiben wir bei der Erziehung des späteren Kaisers. Hinzpeter läßt den Unterricht im Sommer um sechs Uhr und

im Winter um sieben beginnen. Er endet – zwei Pausen mitgerechnet – nach zwölf Stunden! Kein Wunder deshalb, daß Willy schon mit zwölf Jahren Cäsars Gallischen Krieg ganz gelesen hatte und mit Griechisch beginnen konnte.

Zweimal in der Woche besichtigten Wilhelm und Heinrich gemeinsam mit ihrem Lehrer Fabriken und Werkstätten in Potsdam und Berlin. Wo immer die Prinzen hinkommen, stets müssen sie vor dem Meister den Hut abnehmen und ihm dafür danken, daß sie zu Besuch kommen dürfen. Wilhelm: „Wir sahen auch die traurigen Wohnverhältnisse der Arbeiter und ihrer Familien. Das Schlimmste, was wir sahen, war die entseelende Macht der Maschine, die den Arbeiter zum kleinen Rädchen oder noch weniger in einem riesengroßen Uhrgetriebe machte.“ Früh habe er so gelernt, „Verständnis und warmes Mitempfinden“ für den Arbeiter und sein Schicksal zu bekommen.

Also doch kein Fehler Vickys, Hinzpeter gegen den Rat fast aller als Hauslehrer und Erzieher anzustellen? Waren andere für die Entwicklung des Thronerben vielleicht entscheidender?

Unglückliche Jahre

Vicky auf
einer Photographie
um 1875

„Der Traum meines Lebens war, einen Sohn zu haben, der etwas von dem sein sollte, was unser geliebter Papa war, ein wirklicher Enkel von ihm in Seele und Intellekt, ein Enkel von Dir … Aber man muß auf der Hut sein, sich über die eigenen Kinder zu ärgern, weil sie nicht sind, was man gewünscht und erhofft hatte.“

(Vicky über ihren Sohn, den späteren Kaiser Wilhelm II., in einem Brief an ihre Mutter, die englische Königin Victoria)

Es scheint, als läge seit der schweren Stunde der Geburt des Prinzen ein Schatten über dem Verhältnis von Mutter und Sohn. Vicky kann es sich nicht verzeihen, einen „Krüppel" als preußischen Thronfolger geboren zu haben. Sie, die ihr Vater, Prinz Albert, zur Perfektion und schonungsloser Selbstkritik erzogen hatte, sah darin ihre eigene Unzulänglichkeit, ihr eigenes Versagen. So wäre es

Diese Photographie aus dem Jahr 1877 zeigt Prinz Wilhelm, den späteren Kaiser Wilhelm II., als Abiturient in Kassel.

denn wohl ein Wunder, hätte der Sohn dies nicht gespürt. Nur selten läßt sie Wilhelm die Liebe fühlen, die sie gerade für dieses ihrer acht Kinder empfindet.

Wie Vicky überhaupt ihre Gefühle in bewundernswerter Weise unter Kontrolle hat. Nur manchmal, in Stunden der Trauer oder in ihren Briefen an die Mutter und den Kronprinzen, öffnet sie ihr Herz, erkennt man eine Frau, die weit mehr gibt, als sie zurückbekommt.
Es ist eine große, offenbar durch nichts zu trübende Liebe, die Wilhelms Eltern verbindet. Sie hält es aus, daß Preußens Politik ihnen den Traum zerstört von einem deutschen Kaiserreich als konstitutioneller Monarchie. Diese Liebe trägt es, wenn Otto von Bismarck, und mit ihm Wilhelm I., über dieses Kronprinzenpaar hinwegdenken, ihre Hoffnung schon auf den Nachfolger Friedrich Wilhelms auf dem Hohenzollernthron setzen und sie die Erziehung des Prinzen ganz darauf auszurichten versuchen.

Man sagt, daß Söhne eher dazu neigen, die Ansichten und das Weltbild ihrer Großväter zu teilen als das ihrer Väter. Nehmen wir diesen Gedanken mit in die siebziger Jahre des 19. Jahrhunderts. Nehmen wir ihn mit in das Kaiserpalais an Berlins „Via Gloriae", der Straße Unter den Linden. Dort sitzt an einem kleinen, schon nicht mehr ganz standfesten, grünbespannten Spieltisch in einem der Gesellschaftszimmer der fast achtzigjährige deutsche Kaiser Wilhelm I. Ihm gegenüber hat sein Enkelsohn Prinz Wilhelm Platz genommen. Der Prinz war die wenigen Schritte herübergegangen vom Kronprinzenpalais, der Winterresidenz seiner Eltern. Er erinnert sich: „Zum Braten wurde eine Flasche Sekt auf den Tisch gestellt, die der Kaiser selbst entkorkte und aus der er eigenhändig sich und mir je zwei Glas einschenkte". Nach dem zweiten Glas pflegte er die Flasche gegen das Licht zu halten und in der Höhe des Inhalts einen Bleistiftstrich auf das Etikett zu machen. „Damit habe er", so berichtet Wilhelm weiter, „sparsam, wie er war", kontrollieren wollen, ob die Diener die Flasche aufheben würden oder „seinem Befehl entgegen", ihm am nächsten Tag eine frische Flasche vorsetzen.

Der Kaiser, der Soldat gelernt hatte, wenn man so will, blieb auch auf Preußens Thron und unter der Kaiserkrone Soldat. Er lebt danach. Wenn er dem Enkel aus seinem

Drei Hohenzollerngenerationen im Rittersaal des Berliner Schlosses: Kaiser Wilhelm I., Kronprinz Friedrich Wilhelm und Prinz Wilhelm anläßlich der Verleihung des Schwarzen Adlerordens an Prinz Wilhelm. Emil Doepler d. J., 1877

Leben erzählt, geht es um den Krieg und seine siegreichen Schlachten. Vor allem vermittelt der Großvater dem Enkel das, was er im Palais der Eltern und aus deren Mund nicht hört: daß er einmal die Krone Preußens durch Gottes Gnade erhalten wird, ohne je daran zu zweifeln.

Mag der Großvater ihm Unterricht in preußischen Tugenden, preußischer Geschichte und preußischer Politik gegeben haben, so ist es dem Kaiser fremd und paßt nicht in seine moralischen Wertvorstellungen, den Enkel mit seinen Eltern zu entzweien.

Das besorgt bis in die Januartage des Jahres 1877, als der Thronerbe in Kassel das Abitur mit Auszeichnung besteht, ein anderer: Georg Hinzpeter. Der Erzieher des Prinzen untergräbt über Jahre systematisch das Ansehen der Eltern. Nicht nur bei Wilhelm, sondern auch bei seinen nächsten Geschwistern Charlotte und Heinrich.

Vickys engste Freundin, die Gattin von Vickys Privatsekretär Ernst von Stockmar, schreibt darüber: „Dr. Hinzpeter hat in bewußter Weise das Ansehen der Eltern beim Sohn untergraben.“ Er habe die Ansichten des Kronprinzenpaares verspottet, habe Wilhelms Eltern „Unwahrheit und Phrasenhaftigkeit unterlegt“. Ihr Mann habe die Kronprinzessin mehrere Male vor Hinzpeter gewarnt.

Doch begegnet Vicky diesen Warnungen mit einem geradezu entwaffnenden Argument: Es sei schon möglich, meint Vicky, daß Hinzpeter sie und ihren Mann in ein schlechtes Licht stelle. Sie habe das auch selbst schon vermutet. Doch sie bringe „dieses Opfer“, weil Hinzpeter der Einzige sei, der es verstehe, „Wilhelm zur Konzentration zu zwingen und ihn anzuspornen!“

Die Folgen zeigen sich: Als der Prinz nach dem Abitur an der Bonner Universität sein Jura-Studium beginnt, ist dies auch der Anfang seiner Auflehnung gegen die Eltern. Der Kronprinz ist fassungslos. Er wisse nicht, was Wilhelm im elterlichen Haus „unbefriedigen könnte“, da doch nichts vorläge, was auch nur im Entferntesten „an die Quälereien grenzt, denen ich in seinem Alter ausgesetzt war“. Vicky findet gleichfalls keine Erklärung dafür, was sich da zwischen Wilhelm und den Eltern vollzieht.

Die Distanz und die Auflehnung des Prinzen gegenüber seinen Eltern fällt auf. Ein Angehöriger der britischen Gesandtschaft in Berlin beschreibt Preußens Thronerben als „einen hitzigen, intoleranten jungen Mann, der seiner Mutter gegenüber in Gegenwart von Fremden eine Grobheit an den Tag legt", daß jeder, der das erlebe, schockiert sei.

Schockiert von Wilhelm müssen wohl auch die Töchter seiner Tante Alice, der Schwester seiner Mutter, und seines Onkels Ludwig, des herzoglichen Erbprinzen von Hessen, gewesen sein. Das aber hindert Wilhelm im ersten Jahr seines Studiums in Bonn keineswegs daran, so oft wie nur möglich zu den „Hessen" nach Darmstadt zu reisen. Es ist die Liebe, die ihn blind macht. Er hat sich in seine Cousine Ella verliebt. Die hatte ihm zwar nie schöne Augen gemacht und ihn auch sonst, wie alle ihre Schwestern, nicht gerade so behandelt, daß er auf Gegenliebe hätte hoffen dürfen.

Doch gehört der Prinz offenbar zu jenen unglückseligen Liebenden, die erst vor den Kopf gestoßen werden müssen, bevor sie sich gedemütigt und enttäuscht zurückziehen. Die Demütigung ist um so schlimmer für ihn, weil er seine Zuneigung zur Cousine schon zur großen Hochzeitsgeschichte in der Familie gemacht hatte. Die Queen in London ist begeistert, Vicky von der Idee angetan. Nur die Angebetete ist es so ganz und gar nicht. Den Korb, den Preußens Thronerbe aus Darmstadt davontragen muß, schleppte er lange wie einen Makel mit sich herum.

Mögen zurückgewiesene Prinzessinnen des 19. Jahrhunderts ihre Enttäuschung in vollgeweinten Taschentüchern ertränken, um anschließend dann in feinen Damenstiften Wandteppiche zu weben oder Rosen zu züchten, versuchen junge Prinzen in ähnlicher Lage in Offiziersmessen, auf Pferderücken oder in Kaisermanövern ihre Niederlage zu verschmerzen.

So meldet sich Wilhelm im Herbst 1879 zum aktiven Dienst in Preußens Armee. Er beginnt in Potsdam als Leutnant beim Ersten Garderegiment zu Fuß. Später wird er darüber schreiben: „Hier in der Garde fand ich wirklich meine Familie, meine Freunde, meine Interessen – all das, was ich bis dahin hatte entbehren müssen."

Welch bittere Abrechnung mit den Eltern! Und es geht weiter: „Vor meinem Eintritt in die Armee hatte ich so furchtbare Jahre der Nichtachtung meiner Natur durchlebt, der Lächerlichmachung dessen, was mir das Höchste, das Heiligste war: Preußen, die Armee und die Pflichterfüllung, die ich zuerst in diesem Offizierskorps antraf und die mir Freude und Glück und Zufriedenheit auf Erden geschenkt haben."

Kaiser Wilhelm I. auf einer Kreidelithographie von F. C. Wentzel, um 1875

Nun beginnt Frucht zu tragen, was der Großvater in den Enkel hineingepflanzt hat, während der gemeinsamen Stunden beim Abendessen im Kaiserpalais. Dort, wo Wilhelm I. umgeben ist von all dem, was einem Soldaten und Preußenkönig heilig ist: den Porträts der Könige vor ihm, vor allem das seines Vaters, Friedrich Wilhelm III. Daneben kunstvoll gestaltete Urkunden und Medaillen. Auf einer kleinen Kommode neben dem Feldbett der 1740 von Friedrich dem Großen gestiftete Pour le mérite. Ihn vergißt Wilhelm nie anzulegen, wenn er sich Punkt 12 Uhr mittags von einem Eckzimmer im Erdgeschoß aus den Wachwechsel vor der Neuen Wache schräg gegenüber ansieht.

Die Armee ist es wohl, die den Enkel verwandelt. War er als Schüler und später auch noch als Student höflich und außerordentlich liebenswürdig, wirkte er zeitweise sogar ein wenig schüchtern, so bedient er sich jetzt der unter Offizieren üblichen verknappten Sprache und der abgehackten Sätze. Was seinen Vater, den Kronprinzen, zu dem Ausspruch veranlaßt: „Mein Sohn ist der reine Gardeleutnant!"

Solche Bemerkungen, bekommt der Prinz sie zu Ohren, berühren ihn nicht mehr. Er läßt sich nur zu gern anmerken, „daß ihn die Meinungen seiner Eltern kaum noch interessieren". Er habe das Garderegiment und er habe seinen Großvater, sagt er. Dieser Großvater sei das einzige Mitglied seiner Familie, das „seine tiefen Empfindungen für Preußen und für die Armee zu würdigen weiß".

Hatte der Prinz in seiner Schülerzeit in Kassel eine kurze romantische Phase durchlebt, als er der Mutter von seinen Träumen schrieb, in denen er die Hände Vickys liebkoste, so ist das alles jetzt verflogen.

Es stellt sich auch nicht wieder ein, als der Zwanzigjährige seine Liebe zu einer jungen Frau entdeckt, die er schon aus seiner Kindheit kennt: zur Prinzessin Auguste Viktoria, Dona genannt. Die nicht gerade mit geistigen Gaben überladene oder mit strahlender Erscheinung Verwöhnte ist die Tochter des alten Freundes seiner Eltern, des Herzogs Friedrich von Schleswig-Holstein-Sonderburg-Augustenburg.

Vielleicht um sich nicht ein zweites Mal bei einer Brautwerbung einen Korb zu holen, hatte er sich für Dona entschieden und nicht für ihre Schwester, die weitaus schönere Prinzessin Calma. Er fragt nun nicht mehr das Herz, wie man so sagt, sondern verläßt sich auf den Verstand. Da gilt, was er seinem Lehrer schrieb: Daß er nämlich wegen seines „schlaffen Armes" niemals an die Möglichkeit geglaubt habe, daß eine Dame sich für ihn interessiere.

Dies vorausgeschickt, ist Dona für Wilhelm ein Volltreffer. Die Schleswig-Holsteinerin, von der es heißt, daß sie „eine feine junge Frau ist, mit guten Umgangsformen und einer ansehnlichen Figur", betet den preußischen Thronerben an. Für sie ist er geradezu ein Märchenprinz, dessen geistige Überlegenheit sie ohne jeden Zweifel anerkennt. Kein Wunder, daß Wilhelm sie und keine andere haben will.

Doch das macht Probleme. Da ist der hohenzollerische Familienstolz. Die Ahnenreihe der Prinzessin paßt nicht in den Stammbaum. Donas Mutter ist die Tochter von Feodora, der Halbschwester der englischen Königin. Eine der Großmütter Donas war – welch ein Malheur – eine einfache Gräfin. Und Donas Vater schließlich hatte man zur politischen Bedeutungslosigkeit gebracht, als Preußen 1866 Schleswig-Holstein annektierte.

Nun – da es um die ihn bewundernde Frau in seinem künftigen Leben geht – bittet er die Eltern, den Kaiser umzustimmen, der zunächst schwere Bedenken gegenüber der Prinzessin aus dem Holsteinischen hat. Auch Fürst Bismarck läßt sich Zeit mit einem „Memorandum" zu den Eheplänen Wilhelms. Erst nach sieben Monaten liegt die Zustimmung des Reichskanzlers vor. Zwei Wochen nach dem Tod von Donas Vater. Zufall oder Berechnung?

Kronprinz Friedrich Wilhelm reist zum Begräbnis seines Freundes. Er ist entsetzt, feststellen zu müssen, daß Wilhelm seiner künftigen Braut nicht einmal zum Verlust ihres Vaters kondoliert hatte. Als ihm der Kronprinz deshalb Vorwürfe macht, antwortet der Sohn, daß Dona „ja noch nicht seine Braut" sei. Ehe nicht der Großvater gesprochen habe, müsse er „alles ignorieren". Einen Monat später sind Willy und Dona verlobt. Am 27. Februar 1881 wird im Berliner Schloß die Hochzeit gefeiert.

Auguste Viktoria, die künftige Kaiserin, geht ganz darin auf, Ehefrau und Mutter zu sein. Bei ihr findet Wilhelm hingebungsvolle Zuneigung und Wärme. Die kaiserlich-königliche Familie aber ist wegen des Thronfolgers Wahl nicht unglücklich. Die robust und gesund erscheinende Prinzessin aus Deutschlands Norden bringt alle Voraussetzungen mit, das Hohenzollernblut kräftig aufzufrischen. Innerhalb von zehn Ehejahren bringt sie sieben gesunde Kinder zur Welt. Sechs Jungen und ein Mädchen. Als Kaiserin wird sie sich einmal durch ihr vorbildliches Familienleben wie auch durch ihre soziale Fürsorge hohes Ansehen verschaffen – vor allem bei den ärmeren Menschen im Lande. Ob Wilhelms Wahl seiner Ehefrau auch eine Wahl gegen Vicky ist, mag Spekulation sein. Sicher jedoch ist: Auguste ist Wilhelms Mutter „ganz und gar unähnlich", wie Robert K. Massie schreibt. Er beschreibt Dona als eine unbeugsame Gegnerin des Liberalismus auf allen Gebieten. Sie habe England gehaßt. Für sie sei der Liberalismus gleichzusetzen gewesen mit Zügellosigkeit, der die Politik ebenso zersetze wie Kultur und Kunst. Liberale, zumal solche, die aus England kamen, waren für sie Heuchler „ohne wahre sittliche Maßstäbe".

Wen erstaunt es da noch, daß Dona ihre Schwiegermutter mit frostiger Förmlichkeit behandelt. Und Vicky amüsiert sich über die streng protestantischen Hofdamen ihrer Schwiegertochter. Gallig fast nennt sie Donas Damenschar „die Halleluja-Tanten" und, wenn sie es ganz sarkastisch meint, „einen Haufen von verwünschten Eselinnen". Willy läßt es an Spott auch nicht fehlen. Für ihn sind seine jüngeren Geschwister, die zu den Eltern halten, „Preußens englische Kolonie".

Es mag kurios erscheinen: Wenn auch mit völlig unterschiedlichen Inhalten, ist die Ehe des Prinzen ebenso glücklich und liebevoll wie die seiner Eltern.

Ganz und gar nicht glücklich aber ist eine andere Ehe, von der nun die Rede sein soll. Vicky glaubt 1873 der britischen Politik nützlich zu sein, wenn sie die traditionell schlechten Beziehungen zwischen London und St. Petersburg dadurch verbessert, daß sie eine Ehe ihres Bruders Alfred (Affie) mit der russischen Großfürstin Maria, der Tochter von Zar Alexander II., nach Kräften fördert. Die Queen ist zunächst gegen diesen Plan. Sie plagen religiöse und politische Skrupel zugleich. Doch schließlich zählt – trotz des Mißtrauens auch bei Vicky gegenüber der Zarenfamilie – die Tatsache, daß die beiden einander mögen. Vicky hält viel von der Zarentochter. Sie macht von sich kein großes Aufheben, und sie ist ungewöhnlich intelligent. Hübsch ist sie nicht, dafür aber reich. Wenn Affie einmal vom kinderlosen Onkel das Herzogtum Coburg erben wird, wäre das Vermögen Marias ein warmer Regen. Man muß an alles denken – als ältere Schwester.

Nachdem auch die Queen die Ehe ihres 28jährigen Sohnes mit Maria von der vorteilhaften Seite zu sehen beginnt

– hört doch endlich das leichtfüßige Leben des Prinzen in Paris und in den Londoner Clubs auf –, steht der Hochzeit nichts mehr im Weg.

Vicky will unbedingt an den Feierlichkeiten am 23. Januar 1873 im St. Petersburger Winterpalais teilnehmen. Queen Victoria, die selbst nicht in die Zarenresidenz reisen wird („Ich verabscheue es inzwischen sehr, bei Hochzeiten dabei zu sein"), rät auch Vicky, in Berlin zu bleiben. Die Reise könne Vickys angeschlagener Gesundheit schaden.

Zwei Werke aus der Hand von Vicky: ein Gemälde der Tochter Margarete und eine Büste des Prinzen Waldemar, der mit elf Jahren an Diphtherie stirbt.

Lesen wir aber nun, was Augusta Stanley, die Frau des Dekans, der nach anglikanischen Regeln die Trauung vornimmt, über die an Prunk kaum zu überbietenden Hochzeitsfeierlichkeiten schreibt: Obwohl sie sich in London „von sämtlichen Bekannten Juwelen geliehen" habe, sei sie sich neben den russischen Großfürstinnen „ganz armselig vorgekommen". Sie seien „buchstäblich ganz mit Juwelen bedeckt gewesen. Gürtel, Besätze, Röcke, Leib und Köpfe" alles mit Smaragden und anderen Steinen „übersät". Eine andere Dame aus der englischen Hochzeitsgesellschaft scheint dagegen eher mit der Nase dabei gewesen zu sein. Von ihr ist überliefert, daß die russische Damenwelt im Winterpalais mangels Hygiene nicht anders gerochen hätte „als die Muschiks, die sie bedienten".

Vicky aber hat die Reise nach Rußland genossen. Sie hält in Zeichnungen fest, was ihr an Schönheit begegnet: Bilder von einer Erhabenheit, „wie ich sie niemals gesehen habe", schwärmt die Kronprinzessin. Doch heißt es auch:

„Ich bin zutiefst dankbar, daß ich keine Russin bin und hier mein Leben verbringen muß." Über dem ganzen Land läge eine „dumpfe, schwere, schweigende Melancholie", die sehr niederdrückend sei. Das gelte nicht für Petersburg. Hier verliefe das Leben, wie in Paris oder Wien, „in einem Strudel von Aufregung und Frivolität". Man habe dort keine Zeit, über die strahlenden Salons „und das luxe écrasant der Paläste und der verrückten Extravaganz" hinwegzudenken.

Wie gesagt, die von Vicky gestiftete, mit so großem Pomp gefeierte Ehe war alles andere als glücklich. Und der Gedanke der Kronprinzessin, man könne dadurch die Beziehungen zwischen England und Rußland verbessern, zeigt sich schon bald als bloßes Wunschdenken.

Im April 1877 erklärt Rußland der Türkei den Krieg. Die Schreckensvision Englands, Rußlands Flagge könnte eines Tages über Konstantinopel wehen, die russische Flotte im Mittelmeer kreuzen, droht Realität zu werden.

Es kommt zu einem erheblichen politischen Meinungsstreit zwischen Queen Victoria und Vicky. Die Queen steht auf Seiten der Türken, die Tochter – von Bismarck beeinflußt – ist auf russischer Seite. Dies allerdings nur bis zu dem Tag, an dem die russische Armee soweit vorgestürmt ist, daß sie Konstantinopel bedroht, die britische Regierung daraufhin sechs Kriegsschiffe zu den Dardanellen schickt. Nun ist sie wieder ganz Britin, die deutsche Kronprinzessin. Sie jubelt, daß endlich „der britische Löwe" gebrüllt hat. Der Zar und der Sultan schließen im März 1878 einen russischen Diktatfrieden.

Weit schmerzhafter aber als die unglückliche Ehe ihres Bruders, die auch politisch nicht die geringste Wirkung hatte, trifft Vicky das völlig desolate Verhältnis zu ihrem Erstgeborenen und preußischen Thronerben. Bismarck weiß durch seine Zuträger um den tiefen Graben zwischen Wilhelm und seinen Eltern. Der Reichsgründer, mit seinem unbestrittenen Talent zur Voraussicht und zur Vorausplanung, läßt vom Herbst 1886 an Wilhelm zweimal wöchentlich unter der Leitung seines Sohnes Herbert im Auswärtigen Amt arbeiten, richtet ihm dort ein Büro ein, damit er lernt, wie sich unter der Vielfalt völkerrechtlicher Verträge und Verpflichtungen Deutschlands Außenpolitik gestaltet.

Der Kronprinz ist strikt gegen die Arbeit Wilhelms unter den Bismarcks. Er schreibt an den Kanzler, daß er es für gefährlich halte, „meinen ältesten Sohn, verbunden mit seinem Hang zur Überhebung wie zur Überschätzung schon jetzt mit auswärtigen Dingen in Berührung zu bringen!" Der Protest des Vaters bleibt Papier.

Es scheint, als bliebe der königlich-kaiserlichen Kronprinzessin nichts erspart. Zu Vickys tiefer Enttäuschung kommt nun die Trauer, die sie in einen fortwährenden Schockzustand versetzt. Doch von vorn: Am 14. Dezember 1878, dem Todestag ihres Vater, stirbt im Alter von 35 Jahren ihre Schwester Alice, seit eineinhalb Jahren Großherzogin von Hessen, an Diphtherie.

In den ersten zwölf Jahren ihrer Ehe mit dem hessischen Erbprinzen kommen sieben Kinder, fünf Töchter und zwei Söhne, zur Welt. Der erste schwere Schlag trifft die Prinzessin, als der auf den Namen seines preußischen Onkels getaufte Sohn Friedrich Wilhelm im Alter von zwei Jahren stirbt.

1878 häufen sich in Darmstadt – und nicht nur dort – die Fälle von Diphtherie. Vor allem Tausenden von Kindern bringt sie den Tod. Emil Behring entdeckt das Diphtherieantitoxin erst zwölf Jahre später. Auch die Familie des Großherzogs wird von der Epidemie nicht verschont.

Nahezu alle Kinder und der Großherzog erkranken und werden von Alice gepflegt. Bei ihrer jüngsten Tochter, der Prinzessin Mary, ist alle Pflege vergebens. Sie stirbt im Alter von vier Jahren. Was nun folgt, ist dramatisch: Alice erklärt ihrem ebenfalls kranken Sohn Ernie, daß seine kleine Schwester sterben mußte, und gibt ihm einen tröstlichen Kuß, der für die Großherzogin zum Todeskuß wird. Alice steckt sich an und überlebt die Krankheit nicht.

Die Angst vor der Ansteckung ist so groß, daß es Vicky verboten wird, an der Beerdigung der Schwester teilzunehmen. „Es ist ein grausamer Verzicht, dem geliebten Wesen einen letzten heiligen Dienst versagen zu müssen", schreibt die Queen an Vicky. Schon bald aber trifft es die Kronprinzenfamilie erneut schwer. Auch der elfjährige Prinz Waldemar – er ist der Sohn, in dem sich alle Erwartungen Vickys zu erfüllen scheinen – erkrankt an Diphtherie. Vicky soll nun selbst erzählen: „Ich tue alles für ihn, was ich kann, füttere ihn, sehe ihm in den Hals. Aber ich bleibe nicht sehr lange in seinem Zimmer", heißt es in einem Brief an die Mutter in London. Und weiter: „Du kannst Dir meine Angst vorstellen und was mir ständig im Kopf herumgeht [gemeint ist wohl der tödliche Kuß ihrer Schwester], aber ich fürchte um nichts in der Welt, daß ich mich anstecke. Ich gurgele und ziehe einen Regenmantel über meine Sachen, wenn ich bei meinem lieben Kind bin." Nach einigen Tagen geht es dem jungen Prinzen besser. „Ich habe seine Laken gewechselt und sein Hemd und habe alles in einen Eimer mit Karbolsäure gesteckt. Ich selber lasse mich mit Karbolsäure besprühen, bevor ich zu den anderen Kindern gehe." Sie frohlockt: „Die Ärzte sind bei ihm guter Dinge, aber natürlich besteht noch immer Grund zur Sorge."

Dann folgt – kaum hat sie dies geschrieben – jener Abend, an dem die Ärzte Vicky gegen neun Uhr in das Zimmer ihres Sohnes bitten. Das Kind ringt nach Luft. Drei Stunden lang. Dann ist der Todeskampf zu Ende.

Vicky glaubt, den Verstand zu verlieren. Sie bedeckt den toten Sohn mit ihrem Nachthemd, bevor man ihn in den Sarg legt. Der Kronprinz breitet ihm sein Taschentuch über das Gesicht.

Vicky ist jetzt 38 Jahre alt. Man beginnt zu fürchten, daß sie den Verlust ihrer Schwester und den Tod Waldemars nicht überleben könnte.

VICTORIA · A · M · L ·
IMPX · GERMANVM ·
BORVSSVM REGNA ·
A · D · MDCCCXCIII ·

Der furchtbare Irrtum

Heinrich von Angeli: Die Kaiserin Friedrich in Witwentrauer, 1894

„Also das Leben hinter mir.
Müßiger Zuschauer in tröstlicher Entsagung.
Selbstüberwindung über ein Menschenalter
gewöhnt, verurteilt, die besten Jahre
untätig zuzubringen. Ich altere fühlbar
und hätte ich nicht Frau und Kinder
als mein alles – längst wünschte ich aus
der Welt zu sein.“

(Kronprinz Friedrich Wilhelm in einer Tagebuchnotiz am 18. Oktober 1881, dem Tag seines 50. Geburtstages – sieben Jahre vor seinem Tod als Kaiser Friedrich III.)

Stellten Friedrich Wilhelm folgenschwere Diagnosen: Dr. Morell Mackenzie (links) und Professor Rudolf Virchow

Die Weltgeschichte schreibt den 22. Januar des Jahres 1901. Im Osborne House auf der Insel Wight liegt Englands Königin auf dem Sterbebett. Das Zimmer ist dunkel. Um das Bett Victorias, die ihr Leibarzt James Reid ständig mit Sauerstoff versorgt, haben sich – mit Ausnahme von Vicky – alle Kinder der Queen versammelt. Der Bischof von Winchester murmelt nahezu ununterbrochen Gebete für die Sterbende. Bis die Töchter der Queen, Helena, Louise und Beatrice, die Namen all derer aufrufen aus der königlichen Familie, die sich am Bett eingefunden haben. Unter ihnen ist auch ihr ältester Enkelsohn, der deutsche Kaiser Wilhelm II. Sein Name wird nicht genannt. Woraufhin Dr. Reid den Prinzen von Wales, Englands künftigen König Edward VII., fragt, weshalb man Wilhelm der Königin verschweige und der Arzt die Antwort erhält, daß dieser Name sie zu sehr erregen würde. Reid wartet, bis die Kinder der Königin das Sterbezimmer verlassen haben, um danach den deutschen Kaiser an das Bett seiner Großmutter zu führen. Was die sterbende Königin offenbar mit Dankbarkeit erfüllt. „Der Kaiser ist sehr liebenswürdig", flüstert sie dem Arzt ins Ohr.

Es ist eine Ironie des Schicksals: Als Queen Victoria am Abend des 22. Januar 1901 gegen achtzehn Uhr dreißig für immer die Augen schließt, wird sie in dieser Todesstunde von Dr. Reid und Wilhelm, dem Kaiser und Enkel, gestützt. Eine ganze Stunde lang hat Wilhelm seinen rechten Arm unter das Kopfkissen der Großmutter geschoben. In dieser Stellung verharrt der am englischen Hof ungeliebte Enkelsohn bis zum letzten Atemzug Victorias. Danach hilft er seinen Onkeln Arthur und Bertie, die Queen in den Sarg zu legen.

Tasten wir uns nun vom Sterbezimmer der englischen Königin langsam zurück ins 19. Jahrhundert. Es ist das

Jahr 1887. London feiert am 21. Juni in einer großen Parade das Goldene Thronjubiläum Victorias. Unter den Paradierenden reitet, begleitet von den Jubelrufen der Londoner, Deutschlands königlich-kaiserlicher Kronprinz Friedrich Wilhelm.

Ein eindrucksvolles Bild: Der Kronprinz trägt eine blütenweiße Uniform, darüber den silbernen Brustharnisch der pommerschen Kürassiere. Den Kopf schmückt ein Helm mit einem flügelschwingenden Adler. Den Hosenbandorden, den ihm die Schwiegermutter verlieh, hat er schräg über die Brust gelegt, in der Hand hält er den goldenen Marschallstab. Beifallsstürme und Hochrufe umgeben ihn. Einer seiner englischen Schwager meint, er habe ausgesehen wie ein Held aus einer Wagner-Oper.

Es sind nicht wenige in der Jubelphalanx an den Paradestraßen, die wissen, daß mit der hohen Gestalt zu Pferde der Tod reitet. Was sie aber nicht wissen: Der Kronprinz kann sich nur noch flüsternd verständigen.

Knapp ein halbes Jahr zuvor, im Januar, befällt den Kronprinzen eine hartnäckige Heiserkeit. Auch hat er Schwierigkeiten beim Räuspern. Man bleibt unbesorgt, schiebt das Befinden des Prinzen auf den harten Winter und die häufigen Erkältungen. Im März endlich entschließt sich Vicky, die Kronprinzessin, auf Anraten Dr. Wegners, des Leibarztes des Kronprinzenpaares, ihren Mann von Karl Gerhardt, Professor für Klinische Medizin an Berlins Universität, untersuchen zu lassen.

Der Mediziner stellt eine Schwellung am unteren Teil des linken Stimmbandes fest. Er glaubt, sie innerhalb von wenigen Tagen beheben zu können. Was folgt, ist Qual:

21. Juni 1887: Friedrich Wilhelm (in weißer Galauniform) reitet anläßlich des 50jährigen Thronjubiläums der Queen über den Trafalgar Square. Aquarell von John Charlton

Täglich einmal morgens und abends versucht der Arzt mit einer Drahtschlinge, das Gewächs zu fassen. Als das nicht gelingen will, nimmt er ein Ringmesser. Auch dies ohne Erfolg. Dann greift Gerhardt zu einem glühenden Draht aus Platin, um die Geschwulst wegzubrennen.

Der Prinz erduldet tapfer alle Schmerzen. Aber es gibt keine Fortschritte. Dreizehnmal läßt Friedrich Wilhelm die Prozedur über sich ergehen. Doch schon im Mai hatte sich das Gewächs wieder entwickelt. Die große Wunde, die durch das Ausbrennen entstanden ist, will nicht verheilen. Man beschließt, einen weiteren Spezialisten hinzuzuziehen. Diesmal ist es der hochangesehene Professor für Chirurgie, Ernst von Bergmann, gleichzeitig Vorsitzender der Deutschen Gesellschaft für Chirurgie.

Jetzt fällt zum ersten Mal das Wort „Krebs". Sechs Ärzte beraten sich und treffen eine kühne Entscheidung: Professor Bergmann soll den Kehlkopf des Prinzen spalten, um so den Tumor zu entfernen. Vicky ist bestürzt. Doch Bergmann beruhigt sie, indem er ihr versichert, daß eine derartige Operation nicht „gefährlicher ist als ein gewöhnlicher Luftröhrenschnitt".

Siebenmal hatte der Chirurg bisher eine Kehlkopfoperation vorgenommen. Bei fünf Patienten wurde der Kehlkopf vollkommen entfernt. Sie starben innerhalb von neun Monaten. Von den beiden Kranken, denen der Kehlkopf nur teilweise entfernt wurde, starb einer nach drei Monaten. Nur ein einziger überlebte die Operation. Man hatte gegenüber der Kronprinzessin dieses Risiko bewußt heruntergespielt, weil man fürchtete, das Kronprinzenpaar hätte in die Operation nicht eingewilligt, hätte es die tatsächliche Situation gekannt. Vicky schreibt an ihre Mutter in London, daß man schweren Herzens zugestimmt habe, doch werde es ihr unwohl und sie drohe ohnmächtig zu werden bei dem Gedanken, „daß ein Messer seine liebe Kehle berührt".

Die Operation ist auf den 21. Mai festgesetzt. Offenbar hatten die Ärzte dann doch Angst vor der eigenen Courage. Um sich abzusichern, bevor man den gefährlichen Eingriff wagt, wird ein weiterer Spezialist hinzugezogen. Diesmal ist es Europas bedeutendster Laryngologe, Dr. Morell Mackenzie, aus England.

Am Vorabend der Operation trifft Mackenzie in Berlin ein. Er untersucht den Kronprinzen sofort. Das Ergebnis: Mackenzie besteht darauf, daß die Operation verschoben wird, da nicht erwiesen sei, daß die Wucherung tatsächlich ein bösartiger Tumor sei. Der Arzt, dem der Ruf vorauseilt, Englands größter Spezialist für Krebserkrankungen zu sein, glaubt nicht, daß es sich bei dem Kehlkopfgeschwulst um Krebs handelt.

Er tippt vielmehr auf eine polypöse oder fibromatöse Veränderung. Sie sei durch eine entsprechende Kur „innerhalb von sechs bis acht Wochen zu beheben“. Ein furchtbarer Irrtum! Als der Kronprinz und Vicky die Einschätzung Mackenzies hören, brechen sie in Freudentränen aus. Aber auch Mackenzie ist sich nicht sicher. Er will eine Bestätigung seiner Diagnose, und er besteht darauf, daß Deutschlands führender Pathologe, Professor Rudolf Virchow, Direktor des Pathologischen Instituts in Berlin, eine Gewebeprobe untersuchen soll. Friedrich Wilhelm wird ein kleines Stück des Tumors als Probe entfernt. Nach dem Eingriff lädt das Kronprinzenpaar im Glückstaumel Mackenzie nach Potsdam ein.

Alles wartet nun auf Virchows Untersuchungsresultat. Der Pathologe bestätigt, was für Mackenzie zunächst nur Vermutung war: Er könne, heißt es, in dem ihm zur Untersuchung überlassenen Gewebe keinen Hinweis auf Bösartigkeit finden. Doch bittet Virchow um eine größere Gewebeprobe. Auch eine zweite Probe fällt negativ aus. Bergmann und Gerhardt bleiben – trotz Virchows Urteil – bei der Diagnose Krebs. Sie warnen den Spezialisten aus London, daß der Tumor sich schon bald auf die andere Seite des Kehlkopfes ausbreiten könnte, wertvolle Zeit durch Mackenzies Fehldiagnose verlorengehen würde.

Mackenzie aber verläßt sich auf den Pathologen. Die Entscheidung – Operation und Kehlkopfspaltung oder eine spezifische Kur – überläßt er jedoch Vicky und ihrem Mann. Was tun in dieser Lage? Hier der möglicherweise tödliche Eingriff, dort die Hoffnung auf Heilung. Diagnose steht gegen Diagnose. Angst gegen Hoffnung. Vicky und der Kronprinz vertrauen Mackenzie und dem Urteil Virchows. Sie entscheiden sich gegen den Eingriff.

Halten wir an dieser Stelle inne, um späteren Vorwürfen, Vicky habe durch ihre Neigung, deutschen Ärzten zu mißtrauen und auf das Urteil des englischen Arztes zu bauen, eine Mitschuld am Schicksal ihres Mannes. Ein Vorwurf, der sich, wie wir nun wissen, nicht halten läßt. Hatte doch nicht Vicky geraten, den englischen Kehlkopf-Spezialisten hinzuzuziehen. Mackenzie kam vielmehr auf Wunsch der Berliner Ärzte. Und nicht nur Mackenzie, sondern auch Deutschlands erster Pathologe hatte die Bösartigkeit des Tumors nicht erkannt.

Doch wir sind wieder einmal vorausgeeilt. Der Diagnose Mackenzies folgend, reist der Kronprinz zum Thronjubiläum seiner Schwiegermutter. Er bleibt – so hatte Mackenzie geraten – drei Monate zur Kur in Großbritannien, um die klare Luft des schottischen Hochlandes für seine Genesung ebenso zu nutzen wie danach das milde Klima der Insel Wight.

Krebs ist heimtückisch. Es scheint, als habe Mackenzie die richtige Diagnose gestellt: Der Zustand des Kronprinzen bessert sich. Seine Stimme kehrt zurück. Vicky jubelt: Es sei wie ein Wunder, wieder „die so liebgewordene Stimme zu hören“. Im Hochgefühl bittet sie ihre Mutter, Mackenzie in den Adelsstand zu erheben. Das geschieht im Beisein des Kronprinzenpaares auf Schloß Balmoral in Schottland. Die Begründung der Queen: Dr. Morell Mackenzie – nun Sir Mackenzie – habe das Leben ihres Schwiegersohnes gerettet.

Das milde Klima soll Linderung verschaffen: Friedrich Wilhelm geht im Park der Villa Zirio bei San Remo spazieren.

Schon bald aber zeigt sich unbarmherzig die Realität: Vicky und Friedrich Wilhelm reisen im September an den Lago Maggiore und nach Venedig. Schrecken und Verzweiflung kehren zurück. Der Kronprinz verstummt völlig. Vicky bringt ihren nun schwerkranken Mann an die italienische Riviera. Unweit von San Remo findet sie in einem Olivenhain hoch über dem Meer die Villa Zirio.

Noch immer glaubt das Kronprinzenpaar der Diagnose Mackenzies. Obschon sich die Wucherungen dramatisch schnell vergrößern.

Am kaiserlichen Hof in Berlin aber – vor allem beim Kaiser selbst – wachsen die Zweifel. Wilhelm I. schickt seinen Enkel nach San Remo. Drei Spezialisten begleiten ihn. Nun folgt der physischen Katastrophe die menschliche. Lassen wir Wilhelm selbst berichten: „Meine Ankunft erregte bei meiner Mutter wenig Freude. Sie fürchtete wohl, daß das Kartenhaus, auf das sie ihre Lebenshoffnung gesetzt hatte, zusammenbrechen könnte. Unten an der Treppe stehend, mußte ich ihre Vorhaltungen über mich ergehen lassen.“ Vicky verweigert Wilhelm „entschieden, mich zu meinem Vater zu lassen. Der Zustand des Vaters sei in keiner Weise Besorgnis erregend, meinte Mutter, aber der steinerne Ausdruck ihres Gesichts bot keine Bestätigung dessen, was ihr Mund sprach". Dann habe Wilhelm, so liest man weiter in seinen Erinnerungen, auf der Treppe ein Geräusch gehört. „Ich sah hinauf und erblickte meinen Vater, der mir entgegenlächelte. Ich stürzte die Treppe hinauf, und mit unendlicher Rührung hielten wir uns umfangen, indes er in leiser Flüstersprache seiner Freude über meinen Besuch Ausdruck gab."

Vicky schildert ihrer Mutter die Begegnung mit dem Sohn in San Remo mit den Sätzen: „Er dachte, er müsse seinen Papa vor meiner falschen Behandlung retten." Wenn er den Kopf nicht mit Unsinn aus Berlin vollgestopft habe, schreibt sie, dann sei er „ganz nett und traitabel und wir freuen uns, ihn zu haben". Sie werde es aber nicht zulassen, „daß er mir diktiert – der Kopf auf meinen Schultern ist kein bißchen schlechter als seiner". Wieviel Nichtverstehen zwischen Mutter und Sohn! Wie so oft bei Menschen von starker Empfindsamkeit umgab sich Vicky Zeit ihres Lebens mit einer Art Schutzmantel aus Kühle. Auch gegenüber ihren acht Kindern. Wohl nur ihr Mann, den sie vom ersten Tag ihrer Liebe an zärtlich Fritz nennt, macht da eine Ausnahme. Ihre Mutter, die Queen, hatte es mit ihr und ihren Geschwistern ebenso gehalten.

Nur selten geraten bei Vicky die Gefühle außer Kontrolle. So in den Stunden der Tränen an den Totenbetten ihrer Söhne Sigismund und Waldemar. Sie war keine Mutter zum Andrücken. Was vor allem ihre drei erstgeborenen Kinder, Wilhelm, Charlotte und Heinrich, zu spüren bekamen und sie schon in den frühen Jahren von ihr entfernte.

Wilhelms Besuch in San Remo zeigt dann doch Wirkung bei der Kronprinzessin: Sie erlaubt, daß ihr Mann ein weiteres Mal von Mackenzie untersucht wird. Nun wirft der Arzt in Gegenwart der mit Wilhelm angereisten Mediziner seine ganze bisherige Diagnose über den Haufen. Die neue Diagnose, die er mit aller Härte vorträgt: Der Kronprinz leidet an Krebs. Er wird innerhalb der nächsten 18 Monate sterben. „Mein Vater nahm sein Todesurteil – denn das war es – gleich einem Helden entgegen, aufrecht, fest den Ärzten ins Auge schauend", vermerkt Wilhelm.

Als die Ärzte gegangen sind, brechen Fritz und Vicky in Tränen aus. Erst da klammern sie sich aneinander. Der Kronprinz sieht sich mit seiner Krebserkrankung „für alle

Welt als Gegenstand des Abscheus und für euch alle eine Last", berichtet der Sohn. Vicky schreibt an ihre Mutter: „Mein Liebling hat ein Schicksal vor sich, an das ich kaum zu denken wage."

Das Schicksal, das Deutschlands Kronprinz und Kaiser für 99 Tage vor sich hat, sieht so aus: Vicky und Fritz bleiben zunächst den Winter über in San Remo. Fritz leidet unter Erstickungsanfällen, den ganzen Tag lutscht er Eiswürfel. Nachts bindet man ihm einen Beutel mit zerstoßenem Eis um die Kehle. Am 9. Februar 1888 wird ihm die Luftröhre aufgeschnitten und eine silberne Röhre durch die Kehle eingeführt.

Nur kurze Zeit später kommt Prinz Wilhelm noch einmal zum Besuch seines Vaters nach San Remo. Lesen wir seine Schilderung: „Der Anblick meines Vater war herzzerreißend. Die hohe Siegfriedgestalt zeigte in ihrer starken Abmagerung und der gelben Gesichtsfarbe unverkennbar den schnellen Fortschritt der Krankheit." Fortwährend habe ihn ein Hustenreiz geplagt. Über seine Lippen sei „kein Wort" mehr gekommen. „Sein Mund war bereits für immer verstummt."

Eine Woche nach Wilhelms Besuch in San Remo, am 9. März, stirbt in Berlin im Kaiserpalais an der Straße Unter den Linden Wilhelm I., Deutschlands erster Hohenzollern-Kaiser, dreizehn Tage vor seinem 91. Geburtstag. Friedrich Wilhelm ist nun als Friedrich III. preußischer König und deutscher Kaiser, Vicky, die Princess Royal aus London, das älteste Kind der Queen Victoria und des deutschen Prinzen Albert aus dem Hause Sachsen-Coburg und Gotha, deutsche Kaiserin.

Der neue todkranke Kaiser versammelt seinen kleinen Hofstaat im Salon der Villa Zirio. Als erstes verleiht er Vicky die höchste Auszeichnung, die Preußen zu vergeben hat: den Schwarzen Adlerorden. Eine Ehrung, die nur ein preußischer König vornehmen kann. Mackenzie, der neben ihm steht, überreicht er auf einem kleinen Stück Papier eine Notiz. Der Arzt liest vor: „Ich danke Ihnen, daß Sie mich lange genug am Leben gehalten haben, um den heldenhaften Mut meiner Frau zu belohnen."

An Königin Victoria geht ein Telegramm, in dem der Schwiegersohn „im Augenblick tiefer Gemütsbewegung und Trauer über die Nachricht vom Tod meines Vaters" die Queen wissen läßt, daß sein „ernster und aufrichtiger Wunsch" eine „enge und dauerhafte Freundschaft zwi-

schen unseren zwei Nationen" sei. Der Wunsch eines Todgeweihten, für dessen Erfüllung ihm die Weltgeschichte keine Zeit mehr ließ.

Zwei Tage nach dem Tod seines Vaters kehren Vicky und der neue deutsche Kaiser nach Berlin zurück. Er residiert im Schloß Charlottenburg. Dort steht er weinend am Fenster, als der Trauerzug mit dem Sarg Wilhelms I. am Schloß vorbeizieht zum Mausoleum. Dort ruhen schon die Gebeine der Eltern des Verstorbenen, Königin Luise und Friedrich Wilhelm III.

Aufbahrung Wilhelms I. im Berliner Dom. Ölgemälde von Arthur Kampf.

Friedrichs erste Entscheidung, die er auf einem Zettel dem Kronrat mitteilt und die Erstaunen auslöst: Bismarck bleibt Reichskanzler. Er werde als Kaiser keinen Versuch unternehmen, die Politik des Reichskanzlers zu ändern. Sein Sohn, als Nachfolger auf dem Kaiserthron, wird sich nicht einmal zwei Jahre als deutscher Kaiser Zeit lassen, bis er den Reichsgründer zwingt, seinen Rücktritt einzureichen.

Später wird Bismarck in seinen Erinnerungen von der kurzen Kaiserzeit Friedrichs III. schwärmen: „Die Führung der Geschäfte war menschlich nie so angenehm und reibungslos wie während der neunundneunzig Tage des Kaisers Friedrich."

Wenige Tage nach dem Thronwechsel schreibt Englands Königin an ihre kaiserlich-königliche Tochter in Berlin: „Liebe Kaiserin Victoria, es scheint wirklich wie ein unmöglicher Traum, möge Gott Dich segnen! Du weißt, wie wenig mir an Rang oder Titeln liegt – aber ich kann nicht leugnen, daß ich schließlich und endlich dankbar und stolz bin, daß der liebe Fritz und Du auf den Thron gekommen seid." Sie läßt es nicht beim Brief, die Mutter in London. Im April besucht sie ihren kranken Schwiegersohn im Charlottenburger Schloß.

Das Neue Palais in Potsdam, von Friedrich dem Großen erbaut: Hier wird 1831 Friedrich Wilhelm als Prinz von Preußen geboren, hier stirbt er 1888 als deutscher Kaiser.

Vicky arrangiert ein Treffen ihrer Mutter mit Bismarck. Der Kanzler ist aufgeregt wie selten, erkundigt sich fortwährend bei den kaiserlichen Protokollbeamten, wo er zu stehen habe, wenn die Queen erscheine. Und als sie sich dann gegenübersitzen – siehe da! – finden beide Gefallen aneinander. „Was für eine Frau!“ schwärmt Bismarck. „Man könnte Geschäfte mit ihr machen. Ein fideler, kleiner Proppen!“

Und die Queen, die Bismarck das Versprechen abnimmt, ihrer Tochter zur Seite zu stehen, meint zu ihrem Botschafter in Berlin: „Ich verstehe nicht, warum meine Tochter mit Fürst Bismarck nicht auskommen konnte.“ Sie findet, „er ist ein sehr liebenswürdiger Mann, und unser Gespräch war ganz zauberhaft“.

Das aber war wohl der einzige „Sonnenstrahl“ dieses dreitägigen Besuchs der Königin. Vicky bricht in diesen

Tagen mehrmals zusammen. Den Abschied von der Tochter schildert die Queen in ihrem Tagebuch: Vicky sei noch in ihren Salonwagen gekommen und habe sich an sie geklammert. „Es war schrecklich, sie in Tränen dastehen zu sehen, während der Zug langsam davon fuhr."

In den ersten Junitagen läßt Vicky ihren Mann von Charlottenburg nach Potsdam ins Schloß Friedrichskron bringen. Die Reise nach Potsdam macht das Kaiserpaar auf dem Wasserweg an Bord ihrer Jacht „Alexandra". Tausende säumen das Ufer der Spree, als das Schiff ablegt. Entlang des ganzen Weges stehen die Menschen, schwenken Fahnen und werfen Blumen in den Fluß. Überall durchbrechen sie jubelnd die Absperrungen der Polizei. Die Triumphfahrt eines vom Tod Gezeichneten. Gesteuert wird die Jacht von Kronprinz Wilhelm. Im Neuen Palais, dort wo Fritz vor 56 Jahren geboren wurde, richtet Vicky ihm ein Zimmer im Erdgeschoß ein. Der Raum hat eine hinreißende, mit goldenen Reben verzierte Decke. Der Marmorkamin ist aus rot-weißem Meissener Porzellan. Dem in eine Nische gestellten Bett gegenüber hängt das Gemälde von der Krönung Wilhelms I. in Königsberg mit Vicky inmitten der Hofgesellschaft.

Bismarck ist tief beeindruckt von der Tapferkeit des Kaisers angesichts des nahen Todes. Er spricht von „großer kaiserlicher Würde" und „Seelenstärke". Jedesmal wenn eine Audienz zu Ende ist, erhebt sich der kranke Kaiser und begleitet den Kanzler zur Tür. Bismarck: „Eines Tages, als er bei dieser Gelegenheit mit mir durchs Zimmer ging, bemerkte ich, wie er vor Schmerz und Schwäche schwankte, und wollte ihn schon mit meinem Arm auffangen, weil ich glaubte, daß er umfallen würde, als er doch den Türklopfer zu fassen bekam und sich daran festhalten konnte. Aber er klagte in keiner Weise und trug seine Schmerzen tapfer in männlichem Schweigen."

Dann diese Szene, wenige Tage vor des Kaisers Tod: Am Bett Friedrichs stehen sich der Reichskanzler und die Kaiserin gegenüber. Plötzlich ergreift Friedrich die Hand Bismarcks und die Vickys, hält beide Hände in seiner Linken vereint, klopft mit der Rechten die Schulter des Fürsten und streichelt sie. Bismarck küßt danach seinem Kaiser die Hand und sagt: „Ich werde nie vergessen, daß sie meine Königin ist."

Noch eine Schilderung Vickys aus den letzten Tagen ihres Mannes: „Ich verlasse Fritz' Zimmer oder das nebenan nicht mehr, es sei denn, um zum Schlafen nach oben zu gehen. Fritz erleidet keine Schmerzen und eigentlich auch kaum Unannehmlichkeiten. Aber wie ist mir, wenn ich meinen armen Liebsten so verändert sehe! Er ist jetzt ein richtiges Skelett und sein schönes dichtes Haar ist ganz dünn! Sein armer Hals ist ein qualvoller und erschütternder Anblick, daß ich es oft kaum ertragen kann, ihn anzusehen, wenn er verarztet wird. Ich muß davonlaufen, um meine Tränen zu verbergen." Es sei sehr schwierig, für frische Luft im Zimmer zu sorgen, deshalb sei es eine große Erleichterung, daß das Wetter seinen Aufenthalt auf der Terrasse zulasse. Und aus den ärztlichen Berichten: Das Silber der Kanüle ist korrodiert, die Wunde ist rot und eitert. Der Geruch, der davon ausgeht, ist unangenehm. Wen wundert's, daß Vicky ihren Mann in diesen letzten Tagen vor der Welt zu verbergen versucht, niemanden mehr in seine Nähe läßt, um ihm „seine Würde zu bewahren."

In der Nacht, an deren Abend zuvor der Kaiser seine Halskette, die er immer trug, abgenommen und Vicky um den Hals gehängt hatte, mitsamt dem daran befestigten Schlüssel, wird Vicky von Mackenzie geweckt. Der Puls des Sterbenden ist schwächer, sein Atem schneller geworden.

Friedrich III., 1888 von Anton von Werner in Öl gemalt.

Um sieben Uhr dieses 14. Juni wird noch ein Blumenbouquet an das Bett des Sterbenden gebracht. Er hatte es für seine Tochter Sophie, die spätere griechische Königin, zu ihrem Geburtstag bestellt. Es sollte ein Familienfest werden, mit einem Bootspicknick auf der Havel.

Am Morgen des 15. Juni gegen zehn Uhr beginnt die Todesstunde des Kaisers. Seine Kinder umstehen das Bett. Vicky sitzt bei ihm. Sie spricht leise mit ihm. Es ist kurz nach elf Uhr, als „seine lieben Augen einen anderen Blick annahmen", schildert die Kaiserin später. „Wir hielten ein Licht hin und er blinzelte nicht, ich hob seine liebe Hand auf. Er ließ sie willenlos sinken. Er hustete noch stark, holte dreimal tief Atem, dann zuckte er ein wenig zusammen und schloß die Augen fest und krampfhaft, als täte ihm etwas weh. Dann war alles still!" Friedrich III. war gestorben. ■

Zuletzt bleibt der Schmerz

Die Kaiserin Friedrich auf der Terrasse von Schloß Friedrichshof in Kronberg, dem Domizil ihrer letzten Jahre

„Ich werde wohl ungekannt,
fremd und unverstanden
in mein Grab gehen, weil eine
einsame Frau gegen sehr viele
stürmische Männer mit ihrem
blinden Vorurteil nichts vermag."

(Vicky in einer Notiz
an einem ihrer letzten Lebenstage)

Das Leben bleibt mit seiner Dramaturgie unübertroffen. Da ist der 18. März 1890. Wir sind im Kaiserpalais an Berlins Unter den Linden. An diesem 18. März, zwei Jahre nach dem Tod des alten Kaisers, wartet dessen Enkel, der nach dem Tod seines Vaters, Friedrich III., nach dessen 99tägiger Kaiserzeit als Wilhelm II. den Thron bestiegen hatte, auf Otto von Bismarck. Er hatte den Kanzler und Reichsgründer nach 28 Jahren im Dienst der Hohenzollernkrone in das Palais bestellt, um das Rücktrittsschreiben des nun fast 75 Jahre alten Staatsmannes entgegenzunehmen.

Vielleicht wird sich Bismarck beim Betreten der kaiserlichen Residenz daran erinnert haben, wie er den Großvater des jungen Kaisers, der ihn nun zum Rücktritt zwingt, in den siebziger Jahren ermunterte, den Enkelsohn von Zeit zu Zeit zu einem Mittagessen zu zweit einzuladen. Vom ersten Tag an, als Bismarck unter den Hohenzollern als Ministerpräsident und später als deutscher Kanzler diente, hatte Vicky Otto von Bismarck für ein Unglück gehalten. Die gegenseitige Abneigung zwischen ihr und dem Kanzler stand über Jahrzehnte stets auf der Kippe – zumindest bei der Kronprinzessin –, in Haß umzuschlagen. Wobei sie zu klug war, um nicht zu erkennen, welch ein politisches Genie ihr gegenüberstand.

Die Friedenskirche in Potsdam mit dem überkuppelten Mausoleum

Nun aber – so kurios kann das Leben sein – ist sie nach der Nachricht vom Rücktritt Bismarcks in tiefer Sorge um die Zukunft Deutschlands. Hatten doch 21 Monate der Kaiserzeit ihres Sohnes gereicht, um sich nichts sehnlicher zu wünschen als ein langes Leben Bismarcks an der Seite ihres Sohnes, als dessen väterlicher Ratgeber. Wilhelm hatte sich mit einer atemberaubenden und die politische Welt erschreckenden infantilen Naivität, gesteuert von einem überdrehten Geltungsdrang, angeschickt, das feingeknüpfte Netz europäischer Mächtepolitik in Gefahr zu bringen. Wilhelms Onkel Edward hält ihn für „nicht mehr als einen unreifen, schlimmen Jungen".

Wilhelm hatte jedes Maß an Zurückhaltung und Feingefühl verloren.

Schmerzlich trifft das Vicky in ihrer schwersten Stunde am 15. Juni 1888, als Friedrich III. für immer die Augen schließt. Noch an seinem Sterbebett und in der Gewißheit, daß sein Vater in wenigen Stunden tot sein wird, läßt Wilhelm Militär in den Park des Potsdamer Schlosses Friedrichskron einrücken.

Kaum hat Friedrich III. die Welt verlassen, hat sich die Flagge über dem Schloß auf Halbmast gesenkt, da rücken die Soldaten aus dem Park auf das Schloß vor, beziehen Posten hinter den Bäumen und Marmorstatuen. Auch im Palais selbst sind alle Ausgänge besetzt. Kein Mitglied der Kaiserfamilie darf das Haus verlassen oder das Telegrafenbüro betreten. Während Vicky über dem Totenbett ihres Mannes den verdorrten Lorbeerkranz, den sie ihm nach seiner Rückkehr aus dem Deutsch-Französischen Krieg geschenkt hatte, herunternimmt, um ihn zusammen mit dem Degen auf den Körper des Toten zu legen, durchwühlt ein General den Schreibtisch Friedrichs III. Als die Kaiserin auf die Terrasse gehen will, um Rosen für das Sterbebett zu schneiden, wird ihr von einem Offizier befohlen, in das Zimmer zurückzugehen.

Später macht Wilhelm den Kanzler für die überfallartige Durchsuchung des Schlosses verantwortlich. Die Maßnahmen, so liest man es später, seien „hart gewesen, aber notwendig". Es habe verhindert werden sollen, daß geheime Staatspapiere „von meiner Mutter nach England geschafft wurden", worauf ihn „Fürst Bismarck warnend" hingewiesen habe.

Das Ergebnis der Durchsuchung ist negativ. Es werden keine geheimen Staatspapiere gefunden. Da Wilhelm jedoch hartnäckig an dem Gedanken festhält, daß man die Papiere vorher nach England verbracht habe, läßt Vicky – nun des Hochverrats verdächtigt – alle persönlichen Dokumente, die sie gemeinsam mit ihrem Mann nach London geschickt hatte – darunter sämtliche Briefe der Queen an ihre Tochter – nach Berlin zurückbringen. Wo man sie prüft und als unverdächtig an Vicky zurückgibt.

Wilhelm II. übernimmt die Organisation der Beisetzung seines Vaters selbst. Alles soll innerhalb der nächsten 72 Stunden nach dem Tod des Kaisers – möglichst ohne viel Aufhebens – geschehen. Kaum zwei Tage läßt er den Berlinern Zeit, am Sarg des Toten Abschied zu nehmen.

Lassen wir den Freund Wilhelms II., Philipp Fürst zu Eulenburg und Hertefeld, berichten: „In aller Eile kleidete man den Toten in seine Uniform. Ebenso hastig richtete man die Galerie her, während der Sarg zwischen hämmernden Arbeitern wie eine Arbeitskiste auf der Erde stand."

In einem beschämend kleinen Trauerzug bewegen sich die Gäste vom Neuen Palais zur Potsdamer Friedenskirche. Kein einziges ausländisches Staatsoberhaupt ist unter ihnen. Auch der Reichskanzler hatte es nicht für nötig ge-

Der deutsche Kaiser Wilhelm II. mit der preußischen Königskrone. Gemälde von Max Koner, 1890

halten, seinen Kaiser zur letzten Ruhe zu begleiten. Trotz der Eile, mit der Wilhelm seinen Vater von dieser Welt verabschieden will, gelingt es Vickys Bruder Bertie und seiner Frau Alix, am Begräbnis teilzunehmen. Aus Potsdam schreibt er an seinen Sohn, den späteren Georg V.: „Mein lieber George, versuche Deinen Onkel Fritz nie zu vergessen. Er war einer der edelsten Menschen, die je gelebt haben. Wenn er einen Fehler besaß, dann den, daß er zu gut war für diese Welt."

Vicky empfindet das Begräbnis ihres Mannes als tiefe Demütigung und nimmt deshalb nicht daran teil. Sie zieht sich mit ihren drei jüngsten Töchtern, den Prinzessinnen Victoria („Moretta"), Sophie und Margarethe („Mossy") auf ihr Landgut Bornstedt zurück. Dort in der kleinen Dorfkirche trauert man um den toten Ehemann und Vater in einem privaten Gottesdienst.

In Potsdams Friedenskirche wird Friedrich III. zunächst in der ehemaligen Sakristei an der Seite seiner beiden als Kinder verstorbenen Söhne Waldemar und Sigismund beigesetzt. Schon bald nach Friedrichs Tod legt der Architekt Julius Carl Raschdorf Vicky erste Pläne für ein Mausoleum im Bereich des Atriums der Friedenskirche vor. Raschdorf hatte auch die anglikanische St. George's Church im Park von Schloß Monbijou nach den Vorstellungen Vickys entworfen. Den Auftrag für den Innenausbau des Mausoleums erhält Ernst Ewald. Er schafft eine Rotunde, die mit kostbarem Marmor und Mosaiken aus der italienischen Werkstatt Salviati ausgestattet ist.

Schloß Friedrichshof in Kronberg, heute das renommierte Schloßhotel Kronberg.

Den Sarkophag Friedrichs III. gestaltet Reinhold Begas, der schon für sein Schillerdenkmal vor dem Berliner Schauspielhaus am Gendarmenmarkt gefeiert wurde. Der erste Sarkophag wird 1892 aufgestellt. 1904 ersetzt man ihn durch eine Kopie aus pentelischem Marmor. Der Marmorblock ist ein Geschenk des griechischen Kronprinzen Konstantin, dem mit Prinzessin Sophie verheirateten Schwiegersohn des Kaiserpaares. Begas wird später auch mit der Gestaltung des Sarkophags für die Witwe des Kaisers betraut.

Die Särge der beiden Kinder Waldemar und Sigismund werden ebenfalls von Reinhold Begas geschaffen. Die Büsten der beiden Söhne darüber hat Begas offensichtlich nach Entwürfen Vickys gestaltet.

Vicky nennt sich nun Kaiserin Friedrich, um wenigstens dadurch die Erinnerung an Friedrich III. in der Öffentlichkeit wachzuhalten. Der trauernden Witwe bleibt nichts erspart. Kaum hat sie die Wochen der Demütigungen – vom kläglichen Begräbnis des Kaisers bis zum Hochverratsverdacht – halbwegs verkraftet, da droht schon neuer Kummer. Wilhelm II. will Schloß Friedrichskron, dem er den alten Namen Neues Palais zurückgegeben hat, als seine Potsdamer Residenz haben. Er läßt der Mutter mitteilen, daß sie möglichst bald das Palais zu räumen habe. Vicky bittet darum, künftig im Schloß Sanssouci wohnen zu dürfen. Dazu in einem Brief an ihre Mutter in London: „Sanssouci hätte ich gern gehabt – es ist rundweg und grob abgeschlagen worden. (...) Man möchte mich von hier entfernen, aus Angst, ich könnte Einfluß auf Wilhelm gewinnen, das Publikum an Fritz erinnern."

Die Queen schaltet sich ein, bittet ihren kaiserlichen Enkel, seiner Mutter Sanssouci zu überlassen. Wilhelm beteuert, sein „Möglichstes zu tun". Doch Sanssouci könne die Mutter nicht haben. Es werde für „die Fremden, die zu Besuch kommen, gebraucht". Alle anderen Schlösser in Potsdam gehörten seiner Großmutter Augusta, der Witwe Kaiser Wilhelms I.

Was bleibe, schreibt er der Großmutter, sei die Villa Liegnitz. Doch auch die nicht für alle Zeiten, wie er hinzufügt. Dieses Haus am Eingang des Parks von Sanssouci gehörte Auguste Fürstin von Liegnitz. Sie hatte Wilhelms Urgroßvater, König Friedrich Wilhelm III., in morganatischer Ehe, einer ehelichen Verbindung zur linken Hand, geheiratet. Friedrich Wilhelms erste Frau, die legendäre Königin Luise, war im Alter von 34 Jahren gestorben.

Die Fürstin hatte etwas mit Vicky gemeinsam: Als Witwe des Königs Friedrich Wilhelm III. – er starb 1840 –, war die gutherzige Frau einem nahezu feindseligen Verhalten der Hohenzollernfamilie ausgesetzt. Während der Wintermonate wohnte Auguste im Prinzessinnenpalais Unter den Linden, das Friedrich Wilhelm ihr geschenkt hatte, während sie die Sommermonate in der Potsdamer Villa verbrachte, die sie nach ihren Vorstellungen gestalten ließ.

Nun wieder zu Vicky: In ausgesprochener Wohnungsnot lebt auch sie nicht. Sie besitzt das Kronprinzenpalais in Berlin für den Winter in der Reichshauptstadt, und es gehört ihr als Wittum das Schloß in Bad Homburg. Dort zieht sie nun erst einmal ein, nachdem Sohn Wilhelm ihr bedeutet hat, daß er die Villa Liegnitz als Wohnung für seine Kammerherren benötige. In der Nähe Potsdams steht ihr nur noch Gut Bornstedt zur Verfügung. Doch nicht als Eigentum, wie man ihr mitteilt. Es gehöre seit dem Tod ihres Mannes dem preußischen Staat.

Lesen wir, was die Kaiserin Friedrich ihrer Mutter klagt, als sie das Homburger Schloß, den neuen Wohnsitz, in Augenschein nimmt: „Ich habe nie etwas so Schmutziges gesehen! Das Unkraut wächst bis zur Tür herauf, und unmittelbar davor war ein Loch, in dem sich die Pferde die Beine hätten brechen können!" Es gibt in dem Schloß keine Heizung. Auch fehlen überall die Waschbecken. Es mangelt an Badezimmern und Toiletten. Man habe ihr alles versagt, worum sie gebeten habe, schreibt sie nach London. Schroff habe man ihr selbst ein paar Pflastersteine

Zeitgenössische Photographie von Schloß Friedrichshof.

vor der Stalltür abgeschlagen. Es heiße, man brauche „jeden Penny für den Kaiser“ und sein Schloß in Potsdam. „Ich könne ja in meinem Haus in Berlin bleiben, wenn ich nicht zufrieden sei.“

Doch eigentlich regt sich Vicky nur künstlich auf. Längst hat sie den Plan gefaßt, sich selbst ein Schloß zu bauen. Vicky findet dafür unweit von Schloß Homburg in Kronberg im Taunus ein 300 Morgen großes Grundstück. Daß sie es aus eigenen Mitteln erwerben und darauf ihr Schloß errichten kann, verdankt sie im wesentlichen einer ihrer wenigen Freundinnen, der Herzogin de Galliera, die ihr 500 000 Francs vermacht.

Als sie 1894, nach vierjähriger Bauzeit, das Schloß bezieht, da ist es, als falle alles, was sie seit dem Tod ihres Mannes an Demütigungen und Enttäuschungen erfahren mußte, von ihr ab. Sie tauft das Schloß auf den Namen Friedrichshof. Heute heißt es Schloßhotel Kronberg. Entworfen wurde es von Ernst Eberhard von Ihne.

Was in Kronberg entsteht, ist der steingewordene Zeitgeschmack der siebziger und achtziger Jahre des 19. Jahrhunderts. Von der Renaissance inspiriert wie viele Baumeister seiner Zeit, schafft Ihne ein Bauwerk aus Stilelementen der deutschen Renaissance mit Anmutung an die Tudorgotik, wie sie bei englischen Schlössern und Landsitzen damals besonders gemocht wurde. Doch Ihne läßt auch den einheimischen Fachwerkstil im Wirtschaftsteil des Schlosses und in einigen Nebengebäuden zu architektonischen Ehren kommen.

Vom Schloß Friedrichshof aus kann Vicky die halbverfallene Burg der Herren von Cronberg sehen. Sie war 1866 in den Besitz Preußens gekommen. Da Geschenke auch die Eigenschaft haben, zugefügtes Leid vergessen zu machen, ist Vicky am Weihnachtsabend 1892 über nichts glücklicher als darüber, daß Wilhelm II. sie mit dem Kauf der Burg aus dem Staatsbesitz überrascht und sie ihr zum Geschenk macht. Sofort geht sie daran, den Bau von dem Homburger Baumeister Louis Jacobi restaurieren zu lassen.

1896 nimmt sie sich der spätgotischen Kronberger Johanniskirche an. In der Sakristei hatte man drei überstrichene Holztafeln entdeckt. Durch eine Spendenaktion, von Vicky angeführt, konnte man die Gemälde darunter freilegen und restaurieren. Es waren die Flügel eines wertvollen Marien-Altars, die heute an der Südwand des Chores zu finden sind. Schließlich wurden unter dem Putz große Fresken aus dem 15. Jahrhundert gefunden, und unter dem weißen Anstrich der tonnengewölbten Holzdecke stellte man eine vollständige Bemalung fest. Auf Initiative der Kaiserin Friedrich, wie sie nun überall in Kronberg genannt wird, ersteht die alte Kirche neu. Und die Kaiserin steuert noch ein ganz persönliches Geschenk bei: Gemeinsam mit ihren Hofdamen bestickt sie einen Wandbehang, auf dem – nach Vorlagen alter Meister – die vier Evangelisten dargestellt sind.

Burg Kronberg. Vicky, der die Burganlage seit 1892 gehörte, beschäftigte sich bis an ihr Lebensende mit der Restaurierung.

Auch die Dinge des täglichen Lebens beschäftigen sie in diesen Kronberger Jahren. In Frankfurt trifft sie den Siemensdirektor Carl Vogel. Aus der Begegnung wird sozusagen Licht. Ein kleines Kraftwerk sorgt dafür, daß die Lüster im Schloß elektrisch erstrahlen. Auch die Bewohner Kronbergs können sich an das Stromnetz anschließen. Dasselbe gilt für das Abwassersystem. Vicky macht sich Gedanken und bespricht mit Experten, wie man Senkgruben, Abwasserkanäle und Toiletten luftdicht abschließen kann, und hält ihre Ideen dazu in Skizzen fest, zum Beispiel, wie man stets genügend Spülkraft für die Toiletten bekommt.

Auch – eigentlich nicht anders zu erwarten – gibt es im Schloß der Kaiserin Zentralheizung mit der Besonderheit für die Zeit damals, daß die Heizkörper unter den Fenstern installiert sind. Noch einmal: Sie ist eine Perfektionistin, eine Anbeterin des Funktionellen. Und auch dies sei erwähnt: In Schönberg in der Nachbarschaft Kronbergs läßt sie ein neues Schulgebäude errichten, und aus ihren privaten Mitteln bekommt Kronberg ein Krankenhaus und – auch ein Novum – eine öffentliche Bücherei.

Im Schloß selbst sorgt die Kaiserwitwe dafür, daß sich die Räume, die sie mit gelbem Damast bespannen läßt, für ihre stattliche Kunstsammlung eignen. Da wird das Auge gefesselt von Fayencen, von alten Uhren, von Marmorbüsten, kostbaren flämischen und italienischen Gemälden und bezaubernden Skulpturen. Sie scheut sich auch nicht, von ihr gesammelte Photographien auszustellen.

Alles aber soll perfekt sein. Soll so sein, wie es ihrem Wesen entspricht. Es ist ihr Drang nach Vollendung, der sie Bilder malen läßt, die Kunstwerke sind. Sie gestaltet die Büsten ihrer Kinder, als habe sie nie etwas anderes getan als Gips geformt und Stein behauen. Es ist außer dem Talent, das Meisterhaftes schafft, der Wille, perfekt zu sein. Einmalig, wie es ihr Vater Prinz Albert war.

Man lernt zu verstehen, weshalb sie es nie überwunden hat, einen behinderten Sohn als Thronfolger Preußens zur Welt gebracht zu haben. Sie glaubt, bei der Geburt versagt, es nicht gut hinbekommen zu haben. So wie bei einem Bild oder bei einer Statue. Sie versucht, ihren vermeintlichen Fehler durch eine besonders harte Erziehung aus der Welt zu schaffen. Sie wehrt sich gegen die Liebe des Kindes. In Wahrheit aber wehrt sie sich gegen sich selbst, und sie verzeiht sich nicht.

Zurück zu Schloß Kronberg, wo der Wille, alles vollkommen zu machen, zum letzten Mal in ihrem Leben Triumphe feiert. Der spätere deutsche Reichskanzler Chlodwig Fürst zu Hohenlohe-Schillingsfürst berichtet davon, als er zum ersten Mal bei der Kaiserin Friedrich in Kronberg zu Gast ist. Ihn habe die Perfektion eingeschüchtert. Er fand sich zum Schlafen in einem großen Zimmer wieder „mit einem breiten Himmelbett, daran eine Toilette und darauffolgend ein Bade- und Waschzimmer“. Alles sei „sehr hübsch, stilvoll und bequem“. Zu stilvoll und bequem wohl für den Fürsten. Die Handgriffe an der Badewanne für warmes und kaltes Wasser seien

„so stilvoll, daß ich sie nur mit Mühe aufmachte und kaum wieder zubrachte".

Und der englische Botschafter Frank Lascelles kann es sich nicht verkneifen, seiner Schilderung einen Hauch von Groteske beizumischen: „Im Zimmer zu rauchen war natürlich ausgeschlossen, aber auch aus dem Fenster zu rauchen, war gefährlich." Die Kaiserin „hätte es gespürt". Der Botschafter half sich, indem er „die Times vor dem Kamin ausbreitete". Er „kniete darauf nieder und rauchte mit vorgestrecktem Kopf in den Schornstein hinein".

Wir wissen: Was Vicky kann, das will sie vollkommen können. Das gilt auch für das Reiten. Fast jeden Morgen trifft man sie zu Pferde in dem ausgedehnten Wald um Schloß Friedrichshof. Eine „mutige und sichere Reiterin", sagt man von ihr. Schon als die Kaiserwitwe auf die sechzig zuging, „überflog sie noch (...) die schwierigsten Gräben und Hindernisse". Es seien nicht „sehr fromme Pferde" gewesen, die sie ritt.

So wird es denn wohl auch an jenem Herbsttag 1898 gewesen sein. Gemeinsam mit ihrer jüngsten Tochter Mossy, der Frau des späteren Landgrafen Friedrich Karl von Hessen, und der Frau ihres Hofmarschalls, der Baronin von Reischach, reiten die Damen hoch zu Pferde an einer Dampfdreschmaschine vorüber. Plötzlich scheut Vickys Pferd. Was dann geschieht, lassen wir uns von ihr selbst erzählen. In einem Brief an ihre Mutter berichtet sie: „Ich versuchte, das Pferd zu beruhigen. Der Reitknecht stieg ab, um mein Pferd an der Maschine vorbeizuführen, aber es ging rückwärts und drehte sich schnell zur Seite, und dabei warf es mich ab, glücklicherweise auf die rechte Seite, und mein Kleid blieb am Sattelknopf hängen, was die Wucht des Aufpralls milderte, aber sehr gefährlich war, weil mein Kopf und meine Schultern am Boden beinahe unter den Hufen des Pferdes zu liegen kamen." Sie habe jedoch selbst aufstehen und einen Teil des Heimwegs zu Fuß zurücklegen können. Außer anfänglich großer Schmerzen in der rechten Hand und noch immer etwas Kopfschmerzen sei sie glücklich davongekommen, schreibt sie der Mutter. Am Schluß des Briefes steht ein

FRIEDRICHSHOF.
1899.

Satz, der uns ein weiteres Mal zeigt, daß jedes Versagen, auch wenn sie selbst daran keine Schuld trägt, sondern es ihrem „Lieblingspferd“ widerfährt, für sie eine kaum zu verzeihende Niederlage ist: „Ich schäme mich sehr, daß mir das passiert ist.“

Gottlob habe der Unfall für sie keine Folgen gehabt, beruhigt sie die Queen in London. Was nur die halbe Wahrheit ist. Als sie kurz darauf nach England reist, nimmt sie die Diagnose ihres Leibarztes mit, der sie gleich nach dem Unfall untersucht hatte, um sie von den Ärzten der Königin überprüfen zu lassen. Die Ärzte bestätigen, was ihr Arzt in Kronberg zufällig, aber offenbar mit Sicherheit festgestellt hatte: Vicky hat Brustkrebs. Und Schlimmeres noch wird ihr mitgeteilt: Der Krebs sei schon zu weit fortgeschritten, um ihn noch operieren zu können. Man hält es am englischen Hof für das Beste, die Erkrankung vorerst geheimzuhalten. Nur die Queen, Bertie und ihre jüngste Schwester Beatrice wissen zunächst davon. Der Rat der Mutter ist simpel und schwer zu befolgen: „Denk' nicht zuviel daran.“

Schloß Friedrichshof auf einer Gouache von Vicky, 1899

Sie versucht zu vergessen. Nachdem die 60jährige einen Monat lang mit dem sich ihr unerbittlich nähernden Tod gelebt hat, ist sie wieder das tapferste Kind ihrer Mutter. Sie drückt es mit diesen Zeilen aus: „Ich werde nicht bei all' den miteinander im Widerstreit liegenden Gedanken, den Hoffnungen und Ängsten verweilen, sie werden alle zerstreut, so daß das eine Gefühl übrig bleibt, daß ich eine liebe und gütige Mutter habe, die ihr Kind bis zum letzten beschützen wird, sogar aus der Ferne! Ich danke Gott für diese Gnade.“

Die Gnade wird ihr nicht mehr lange zuteil. Die Queen, Englands wohl größte Königin, stirbt am 22. Januar 1901.

Doch noch sind wir im Jahr 1898. Vicky leidet während ihres Aufenthalts in England zunehmend an Schwindelanfällen. Wobei es ihr passiert, daß sie beim Hinsetzen den Stuhl verfehlt und zu Boden fällt. Dennoch reist sie im nächsten Frühling an die italienische Riviera. Bertie überläßt ihr dazu seinen Sonderzug. Sie hat als Aufenthaltsort Bordighera gewählt. Hier habe „man die Wälder und Berge in der unmittelbaren Nachbarschaft und ist so nahe am Meer und so fern der eleganten Welt".

Man sieht Vicky die Krankheit nicht an. Als sie nach ihrer Rückkehr aus Italien ihren Hofmarschall Hugo von Reischach unter dem Siegel der Verschwiegenheit von ihrer Krebserkrankung berichtet, da mag es der Baron gar nicht glauben. Vicky, die sehen muß, wie er in Tränen ausbricht, tröstet ihn: „Es liegt kein Grund zur Beunruhigung vor. Ich habe mein Leben so trainiert, daß ich diesem Leiden mindestens noch zehn Jahre standhalten werde, denn mein Körper ist von Stahl. Ich würde dann noch das siebzigste Jahr erreichen und mit siebzig hat jeder Mensch eigentlich lange genug gelebt." Dann könne sie ihre Kinder und Enkel noch lange genug genießen und „ein schönes Vermögen sparen, wenn es so weiter wächst".

So ist sie, so lebt sie, diese ungewöhnliche Frau.

Ihr Hofmarschall mag der Diagnose ihres Leibarztes und der Ärzte in England nicht allein vertrauen. Sie willigt schließlich ein, aus Berlin einen Spezialisten nach Kronberg kommen zu lassen. Der hat ihr kaum Tröstliches zu eröffnen. Nüchtern ist der Bericht des Arztes und enthält Tragisches. Es hätten sich schon Metastasen gebildet. Und dann dies: Hätte er sie ein halbes Jahr früher untersuchen können, wäre sie „mit einer ganz kleinen Operation" zu retten gewesen. Der Hofmarschall, dem Vicky das Untersuchungsergebnis mitteilt, ist erstaunt und ergriffen zugleich, „mit welch' einer Kaltblütigkeit und einem Mut" die Kaiserin darüber mit ihm gesprochen habe. „Ohne jede Angst vor dem Tode, die man manchem Mann gewünscht hätte." Hier zeige sich „das Große in ihrem ganzen Leben".

Vicky (Mitte) im Jahre 1900 mit ihren Kindern in Kronberg: Sophie, Kronprinzessin von Griechenland – Moretta, Prinzessin von Schaumburg-Lippe – Kaiser Wilhelm II. – Charlotte, Erbprinzessin von Sachsen-Meiningen – Prinz Heinrich von Preußen – Mossy, Prinzessin von Hessen (v.l.n.r.)

Das „Große", es zeigt sich auch in dem, was von ihr bleiben wird. So übernimmt sie schon als 25jährige Kronprinzessin die Schirmherrschaft über einen Verein, der sich „die Förderung der Erwerbsfähigkeit des weiblichen Geschlechts" zur Aufgabe gemacht hat. Vereinsgründer ist Adolf Lette, der Vorsitzende des „Preußischen Centralvereins für das Wohl der arbeitenden Klassen". Der Verein richtet eine Arbeitsvermittlung ein und Handarbeitsbasare, die später Victoriabasare heißen werden.

1869 ergreift Vicky die Initiative zur Gründung eines Victoria-Stifts als Heim für ausländische Lehrerinnen und Erzieherinnen. Sie läßt ein Damenrestaurant einrichten, und später ist sie Mitgründerin einer Gewerbeschule für Mädchen. Wofür sie beträchtliche Mittel zur Verfügung stellt. In den Basaren werden eigene Handarbeiten von ihr verkauft. Damit finanziert sie Freistellen an der Gewerbeschule. Vicky unterstützt auch den Verein der Künstlerinnen und Kunstfreundinnen. Wohl am bedeutendsten

für die Förderung der Bildung und Ausbildung von Frauen, die in Preußen erst ab 1908 an einer Universität studieren dürfen, ist die Gründung des Victoria-Lyzeums in Berlin und einer ähnlichen Einrichtung in Köln. Es bleibt zunächst die einzige Möglichkeit für bildungshungrige junge Frauen in Preußen, sich mit wissenschaftlichen Fragen zu befassen.

Im Familienkreis ist für Vicky oberstes Gebot, ihre drei jüngsten Töchter, die Prinzessinnen Victoria, Sophie und Margarethe, unter stattliche Kronen zu bringen. Margarethe bekommt die Krone einer Landgräfin von Hessen-Kassel, durch Heirat mit dem Landgrafen Friedrich Karl, Sophie wird einmal Königin von Griechenland sein an der Seite König Konstantins. Nur Victoria kommt dynastisch nicht so gut weg. Sie heiratet den Prinzen Adolf von Schaumburg-Lippe, der sie schon früh zur Witwe macht. Eine Not-Heirat, nachdem es ihr aus politischen Gründen verwehrt wurde, Alexander „Sandro“ von Battenberg zu ehelichen. Der schöne Battenberger war zunächst mit Rußlands Gnaden Fürst von Bulgarien geworden. Als er sich nicht länger als Marionette des Zaren sehen wollte, fiel er am Hof von Petersburg in Ungnade, bis er schließlich auf den Fürstenthron verzichtete. Doch die Ungnade hatte lange Schatten. Bismarck in Berlin, Wilhelm I. und nach ihm Wilhelm II. sahen politischen Ärger mit Rußland durch eine Heirat. So tröstete sich Sandro mit einer Sängerin in Wien, und Victoria blieb ziemlich ungetröstet der Prinz von Schaumburg-Lippe.

Blick in die Bibliothek von Schloß Friedrichshof, von der es hieß, Vicky habe jedes Buch gelesen. Zeitgenössische Photographie

Sie ist denn doch nicht aus Stahl, die Kaiserin Friedrich. Ihr Körper, dem man seine Krankheit nicht ansieht, dieser Körper gehorcht Abläufen, die sie nur wenig beeinflussen kann. Als sie auf Empfehlung ihres Arztes im Frühjahr 1899 erneut nach Italien reist, klagt sie über einen „Hexenschuß", der durch das Gerüttel der Bahn „zu einer einzigen Qual" wird. In Trient gelingt es ihr nur mit großer Mühe, die Hoteltreppe zu bewältigen. Was sie als Hexenschuß beschreibt, ist eine schwere Neuralgie im Bereich der Wirbelsäule und der Hüften.

Die ersten Tage des neuen Jahrhunderts bringen ihr nur noch Schmerzen. Bei Tag und bei Nacht. „Es ist so aufreibend und so erschöpfend, so viel und so lange Zeit zu leiden", schreibt sie nach London. Von dort kommt Dr. Francis Laking nach Trient. Er läßt Morphium einsetzen, und Vicky ist dankbar dafür und ihrer Mutter, die Lakings Honorar bezahlt.

Der Krebs ist tückisch. Er zeigt sich mit Schmerz und Fieber. Dann plötzlich geht er so milde mit seinem Opfer um, daß man meint, er wolle den Kampf gegen das Leben aufgeben. So geht es Vicky im Frühjahr 1900. Sie kehrt in einem Sonderwaggon, in den man ein Sofa gestellt hat, nach Deutschland zurück. Am Bahnhof von Karlsruhe empfangen sie ihre Schwägerin Luise, die Schwester ihres verstorbenen Mannes, und deren Mann, der Großherzog Friedrich von Baden. In Heidelberg erwartet sie ihre Tochter Margarethe, die sie auf der weiteren Fahrt begleitet. In Frankfurt steigt Margarethes Mann dazu und die Kinder des Paares. Mit ihr reisen nun auch die Tochter Victoria und Prinz Adolf von Schaumburg-Lippe. Daheim in Friedrichshof stehen für Vicky ein Rollstuhl und ein Ponygespann bereit. Begrüßungsgeschenke der Queen Victoria.

Das alles hilft der Kranken nur wenig. Sie wird immer hinfälliger und bekennt, ihrem Schmerz nicht so tapfer zu begegnen, wie es ihr Mann gekonnt habe. Im Juli 1900 trifft sie die Nachricht schwer, daß der Kehlkopfkrebs ihr nach ihrem Mann nun auch ihren Bruder Alfred (Affie), den Herzog von Coburg, genommen hat. Er starb, ohne um die Schwere seiner Krankheit zu wissen. Man hat ihm die Diagnose verschwiegen. „Was für eine Gnade!“, kommentiert die todkranke Vicky.

Als es bei der Kaiserin dem Ende zugeht, beißt der Schmerz alle zwei Stunden zu und bleibt zwischen einer halben und einer dreiviertel Stunde. Man hört ihre Schmerzensschreie bis in den Schloßgarten.

Die Sarkophage von Friedrich und Vicky im Mausoleum. Vicky war nach ihrem Tod von Kronberg nach Potsdam überführt worden.

Doch bleibt am Ende dieses tragischen Lebens ein versöhnendes Bild. Als sich am 5. August 1901 die Erdentage Vickys endgültig zu erschöpfen scheinen, da sind sie noch einmal ganz allein beieinander: Wilhelm, der Sohn, der nun seit dreizehn Jahren deutscher Kaiser ist, und die Mutter. Er, der ihr seit der Stunde der schweren Geburt in Berlins Kronprinzenpalais bis hinein in ihre letzten Jahre als Kaiserin Friedrich Kummer und schlafraubende Nächte bereitet hatte. Als habe es eine ferne Regie gewollt: Vickys Töchter Victoria, Sophie und Margarethe hatten eben das Sterbezimmer verlassen, um sich im Schloßgarten ein wenig zu entspannen, da stirbt Vicky. Da ist es Wilhelm, der ihr die Hand hält und ihr die Augen schließt. Als die Prinzessinnen zurückkehren, ist die Mutter tot.

Mehr als zwei Jahrzehnte müssen danach ins Land gehen, bevor Helene Lange, eine Zeitgenossin der Kaiserin und Mitbegründerin der Frauenbewegung des 19. Jahrhunderts, den Mut hat, in ihren Erinnerungen diese Worte niederzuschreiben: „Der Weltgeschichte, die aus Fürstengalerien und Schlachtenbildern besteht, wird sie nichts bedeuten.“ Sie nennt die „schmachvolle Hetze“ gegen die Kronprinzessin und spätere Kaiserin den Versuch, „sie zur herzlosen politischen Intrigantin zu stempeln“. Sie spricht von einem „der erschütternden Fälle historischen Justizmordes, bei denen das Wiederaufnahmeverfahren nur noch der Toten zugute kommen kann“. Helene Lange meint, „die wirkliche Geschichte dieser bedeutenden, weit über den Alltag stehenden Frau“ werde nie geschrieben, „die Summe ihres geistigen Seins nie gezogen“. Die dazu hätten beitragen können, weil sie „in die unermeßliche Tragik dieses großen Lebens tiefer hineinsehen durften“, seien „fast alle tot“.

Stammtafel Victoria von Preußen

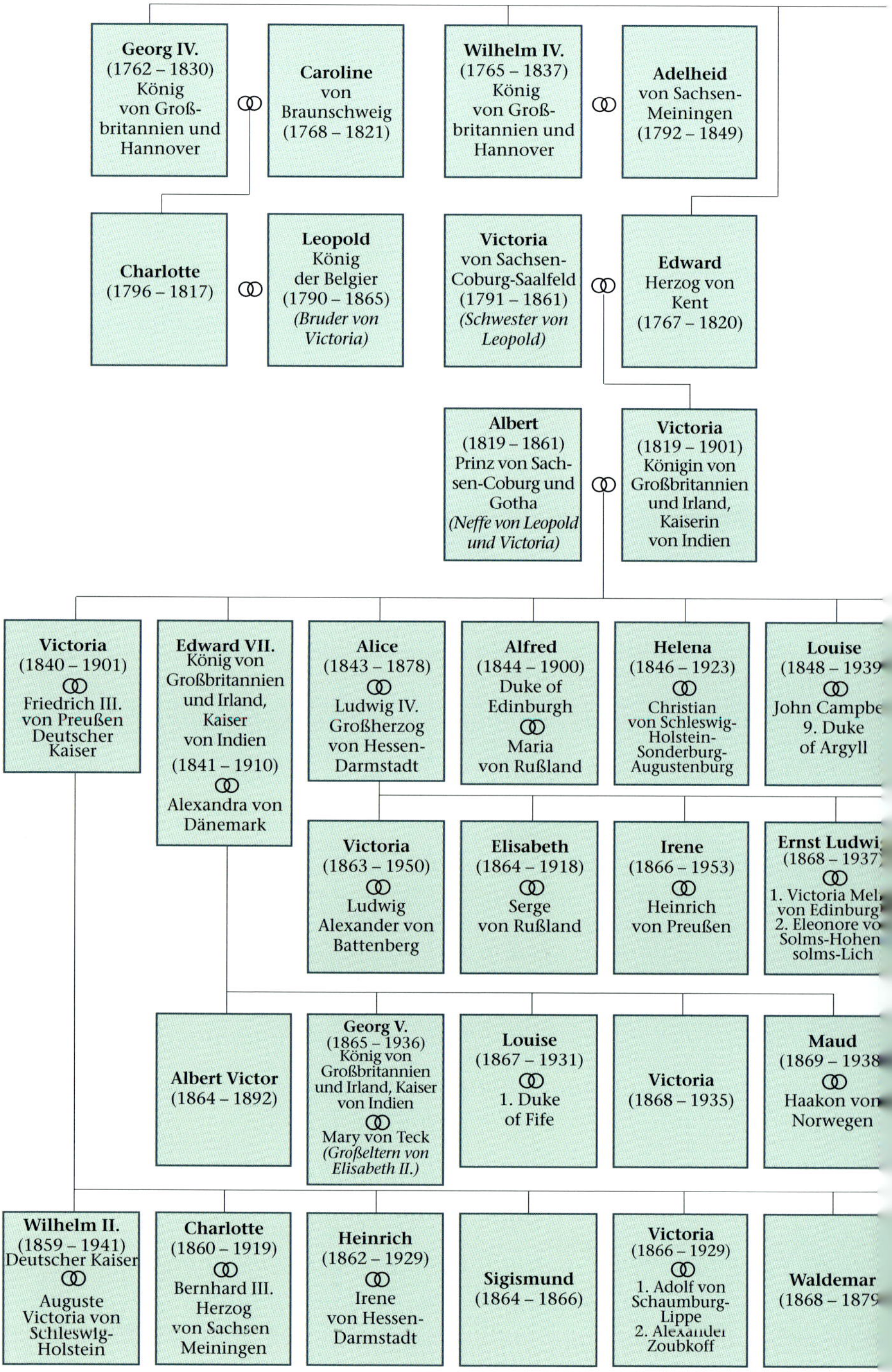

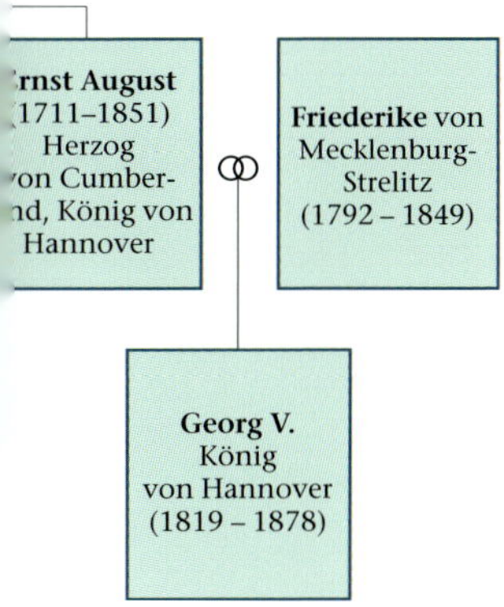

Chronik

1840 Queen Victoria von England heiratet am 10. Februar Prinz Albert von Sachsen-Coburg und Gotha. Am 20. November 1840 wird Kronprinzessin Victoria geboren.

1848/49 Karl Marx und Friedrich Engels schreiben das „Kommunistische Manifest", Märzrevolution in den Staaten des Deutschen Bundes.

1849 König Friedrich Wilhelm IV. von Preußen lehnt die von der Frankfurter Nationalversammlung angetragene Kaiserkrone ab.

1851 Erste Weltausstellung in London. Der preußische Prinz Friedrich Wilhelm besucht aus Anlaß der Ausstellung die englische Königsfamilie.

1853/54-56 Krimkrieg. Großbritannien und Frankreich erklären 1854 Rußland den Krieg. Preußen bleibt neutral.

1858 Die englische Prinzessin Victoria vermählt sich in London mit dem preußischen Prinzen Friedrich Wilhelm.

1859 Wilhelm, ihr erster Sohn und spätere Kaiser Wilhelm II., wird geboren. Es folgen bis 1872 sieben weitere Kinder.

1861 Der preußische König Friedrich Wilhelm IV. stirbt. Vickys Schwiegervater wird als Wilhelm I. König. Prinz Albert, Vickys Vater, stirbt in London.

1862 Bismarck wird von Wilhelm I. zum preußischen Ministerpräsidenten ernannt.

1864 Krieg Preußens und Österreichs gegen Dänemark. Dänemark muß die umstrittenen Herzogtümer Schleswig und Holstein abtreten.

1866 Im Deutschen Krieg, ausgelöst durch Uneinigkeiten über das Herzogtum Holstein, kämpft Preußen gegen Österreich. Preußen siegt bei Königgrätz.

Stammtafel Friedrich III. (Friedrich Wilhelm)

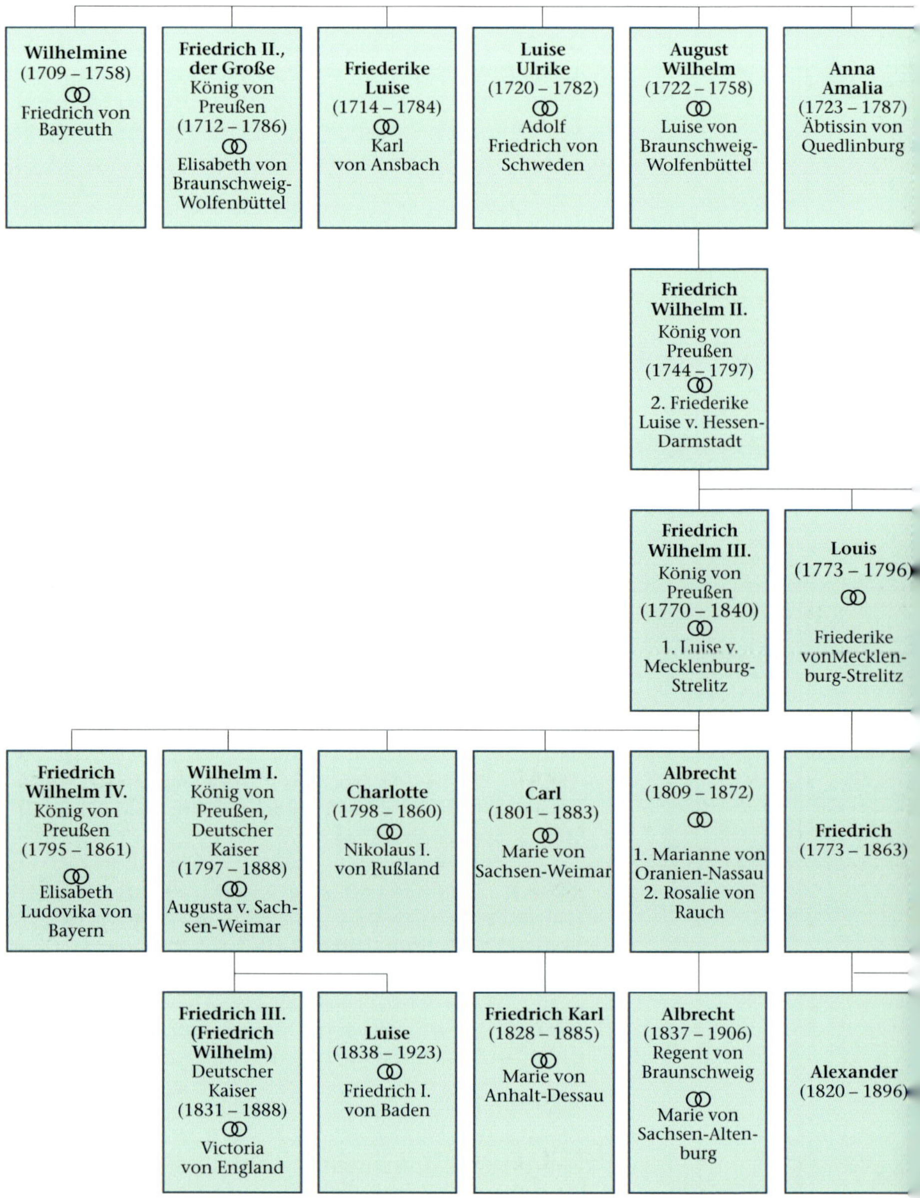

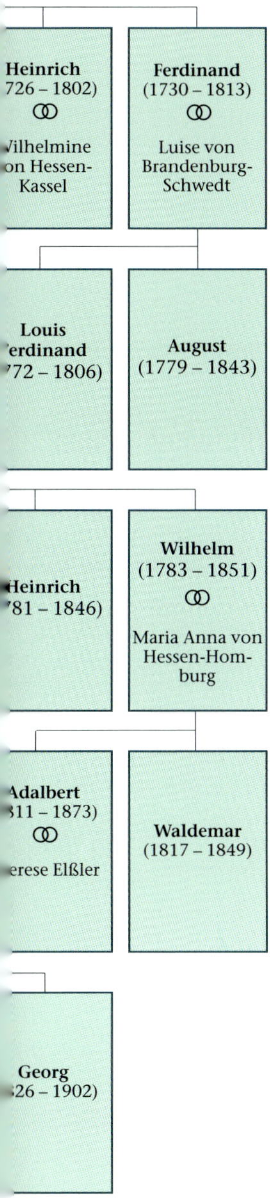

1867 Unter der Führung Preußens wird der Norddeutsche Bund mit 22 Staaten gegründet. Österreich ist von der reichsdeutschen Entwicklung zum Nationalstaat ausgeschlossen.

1869 Die Sozialdemokratische Arbeiterpartei wird gegründet.

1870-71 Die „Emser Depesche" löst den Deutsch-Französischen Krieg aus. Die süddeutschen Staaten müssen Preußen, dem Frankreich den Krieg erklärt hat, und den Norddeutschen Bund wegen ihrer Bündnisverträge unterstützen.

1870 Sturz der französischen Monarchie. Die Republik wird ausgerufen.

1871 Frankreich verliert den Krieg. Wilhelm I. wird in Versailles zum deutschen Kaiser proklamiert.

1872 Anfang des Kulturkampfes zwischen dem preußischem Staat und der katholischen Kirche.

1878 Bismarck erläßt nach zwei Attentaten auf den Kaiser die Sozialistengesetze, mit denen er die Sozialdemokratie und die Gewerkschaften zerschlagen möchte.

1881 Prinz Wilhelm heiratet Prinzessin Auguste Viktoria von Schleswig-Holstein-Sonderburg-Augustenburg.

1888 Wilhelm I. stirbt am 9. März, der todkranke Friedrich Wilhelm wird als Friedrich III. deutscher Kaiser und stirbt am 15. Juni, Sohn Wilhelm wird als Wilhelm II. neuer deutscher Kaiser.

1890 Entlassung Bismarcks nach Differenzen zwischen ihm und Wilhelm II.

1898 Tod Otto von Bismarcks.

1901 Am 22. Januar stirbt in London Queen Victoria, am 5. August ihre Tochter Vicky, Kaiserin Friedrich, in ihrem Alterssitz Schloß Friedrichshof in Kronberg/Taunus.

Gesamtorganisation: Gerlinde Thalheim
Redaktion und Dokumentation: Beatrice Härig
Gestaltung: Michael Marasson, St. Augustin
Druck: KONKORDIA GmbH, Bühl, Das Medienunternehmen

Bildnachweis:
AKG: S. 8–17 (5), 25, 36/37, 38/39, 43–56 (7), 62/63, 72, 79, 80, 90–102 (7), 110, 112/113, 114/115, 118/119, 125, 129, 132/133, 138–156 (6), 160/161, 162/163, 164/165, 172–180 (4), 188, 190, 191, 192/193, 196/197, 200/201, 205, 211.
BPK: S. 18/19, 28/29, 30, 40, 59, 65, 66, 68/69.
Hessische Hausstiftung, Kronberg: S. 20/21, 184, 185, 212/213, 220
Hessische Hausstiftung, Museum Schloss Fasanerie: S. 22
Hessische Hausstiftung, Archiv: Titel, S. 6, 206, 215, 223, 224/225.
Stiftung Preußische Schlösser und Gärten: S. 33, 60/61, 71, 74, 76/77, 83, 84/85, 87, 106/107 (Fotograf: Michael Lüders), 120/121, 122, 158, 202 (Fotograf: Hagen Immel), 208/209, 227.
Norbert W. u. Brigitte Schlösser: S. 108, 117.
Interfoto: S. 126/127, 134/135.
Roland Rossner: S. 168/169, 170/171.
Marie-Luise Preiss: S. 216.

Aus folgender Literatur wurde zitiert:
Hannah Pakula: Victoria. Tochter Queen Victorias. Gemahlin des preußischen Kronprinzen, Mutter Wilhelms II., Marion von Schröder Verlag, Berlin 1995
Robert K. Massie: Großbritannien, Deutschland und das Heraufziehen des Ersten Weltkrieges. S. Fischer Verlag, Frankfurt a. M. 1993
Sebastian Haffner: Preußen ohne Legende. btb Verlag, München 1998

Verlag: **MONUMENTE** Publikationen
der Deutschen Stiftung Denkmalschutz
Dürenstraße 8, 53173 Bonn, Fax: 0228 / 95735-28
1. Auflage 2005, 1. 5. Tsd.

Die Deutsche Bibliothek – CIP-Einheitsaufnahme
Müller, Friedrich Ludwig:
Vicky – Kaiserin für 99 Tage/Friedrich Ludwig Müller. – Bonn: Dt. Stiftung Denkmalschutz, Monumente Publ. – 1. Auflage (2005)
ISBN 3-936942-64-1